汉园新诗批评文丛

洪子诚　主编

编委

孙玉石　吴晓东

姜涛　谢冕　臧棣

本丛书得到北京大学中坤学术基金资助

汉园新诗批评文丛

洪子诚 主编

在耳朵的悬崖上

蔡天新 著

图书在版编目(CIP)数据

在耳朵的悬崖上/蔡天新著．—北京:北京大学出版社,2010.6
(汉园新诗批评文丛)
ISBN 978-7-301-16960-5

Ⅰ.①在…　Ⅱ.①蔡…　Ⅲ.①新诗-文学评论-中国-文集
Ⅳ.①I207.25-53

中国版本图书馆 CIP 数据核字(2010)第 031633 号

书　　　名:在耳朵的悬崖上
著作责任者:蔡天新　著
责 任 编 辑:张雅秋
封 面 设 计:奇文云海
标 准 书 号:ISBN 978-7-301-16960-5/I·2207
出 版 发 行:北京大学出版社
地　　　址:北京市海淀区成府路 205 号　100871
网　　　址:http://www.pup.cn　电子邮箱:pkuwsz@yahoo.com.cn
电　　　话:邮购部 62752015　发行部 62750672　出版部 62754962
编辑部 62752022
印　刷　者:北京汇林印务有限公司
经　销　者:新华书店
880mm×1230mm　A5　8.25 印张　185 千字
2010 年 6 月第 1 版　2010 年 6 月第 1 次印刷
定　　　价:27.00 元

目 录

奇异的旅行者

轻轻掐了她几下

梦想的五个瞬间

在天国旅行

在耳朵的悬崖上（附录）

代 跋

汉园新诗批评文丛·缘起

北京大学中国新诗研究所2005年成立以来,重视新诗研究刊物、研究丛书的编辑出版工作,先后出版了"新诗研究丛书"和集刊性质的《新诗评论》,受到诗人、诗歌批评家、新诗史研究者和诗歌爱好者的欢迎。

从今年开始,在"研究丛书"之外,拟增加"汉园新诗批评文丛"的项目。相较于"研究丛书"的侧重于新诗理论和诗歌史研究的"厚重","批评文丛"则定位于活泼与轻灵。它将容纳诗人、诗歌批评家、研究者不拘一格的文字。这一设计,基于这样的认识:在诗歌研究、批评领域,重视理论深度、论述系统性和资料丰富翔实固然十分重要,但更具个性色彩的思考、感受,和更具个人性的写作、阅读经验的表达,同样不可或缺。在力图揭示事物的某种规律性之外,诗歌批评也可以提供个别、零星、可变的体验——这些体验与个体的诗歌写作、阅读实践具有更紧密的关联。也就是说,为那些与普遍的规范体系或黏结、或分离的智慧、灵感,提供一个表达的空间。除此之外的另一个理由,是诗歌批评"文体"方面的。也许相对于小说研究、文化批评,诗歌批评、阅读的文字,需要寻求多种可能性和开拓,以有助于改善我们日益"板结"、粗糙的"文体"系统和感觉、心灵状况。

写作这样的文字,按一般认识似乎比"厚实"的研究容易得多。其实,如果是包蕴着真知灼见和启人心智的发现,透露着发人深思的道德感和历史感,并启示读者对于汉语诗歌语言创新的敏感,恐怕也并非易事。

这样的愿望,相信会得到有相同期待者的理解,并获得他们的支持和参与。

洪子诚

2010 年 1 月

奇异的旅行者

欧玛尔·海亚姆的世界

伊斯法罕:世界的一半

——波斯谚语

一　身体的世界

要了解波斯诗人、数学家欧玛尔·海亚姆的生活轨迹,我们必须先来谈谈他的故乡霍拉桑(Khorasan)这个历史地名,它的另一个中文译名是呼罗珊。这个词在波斯语里的含义是“太阳之地”,意即东方。虽然霍拉桑如今只是伊朗东北部的一个省份(其省会马什哈德是什叶派穆斯林的朝圣之地),以制作图案精美的手织地毯闻名,但从前它包含的地域却要宽广许多,除了霍拉桑省以外,还包括土库曼斯坦南部和阿富汗北部的广大地区。确切地说,北面从里海到阿姆河,南面从伊朗中部沙漠的边缘到阿富汗的兴都库什山脉,有些阿拉伯地理学家甚至认为,该地区一直延伸至印度边界。

说到阿姆(Amudarya)这条中亚流量最大的河流,它蜿蜒于阿富汗、塔吉克斯坦、乌兹别克斯坦、伊朗之间,最后注入了咸海。传说9世纪的阿拉伯数学家花拉子密就出生在此河下游炎热的古城希瓦(Khiva,今属乌兹别克斯坦),他是代数学的命名人。而兴都库什山区则是当年玄奘西天取经路过的地方,他在《西域记》里称之为大雪山,如今成为布什政府悬赏缉拿的本·拉登可能的藏身之地。欧玛尔·海亚姆的足迹超出了霍拉桑的地域范围，他向北到达了乌兹别克斯坦的中心城市撒马尔罕，向南直抵伊朗高原上的伊斯法罕，甚至阿拉伯半岛的西端——麦加。

作为一个数学家，海亚姆生活过的国家之多（依照今天的行政划分是四个，不含朝圣地沙特）恐怕只有古希腊的毕达哥拉斯可以超出，后者居留过的地方包括希腊、黎巴嫩、埃及、伊拉克和意大利。而综观古代世界的诗人，尽管职业需要他们浪迹天涯，却似乎无人有此等幸运。大概正因为如此，荷马在他的史诗《奥德修斯》里让主人公历尽十年的海上迷途才返回故乡，而但丁则在他的《神曲》里亲身经历了地狱和天堂。海亚姆之所以能云游四方，恐怕与他出身于手工艺人家庭有关，也得益于伊斯兰的势力范围之广。

1048年5月18日，海亚姆出生在古丝绸之路上的内沙布尔，如今它是一座只有十几万人的小城，离马什哈德仅七十多公里，以制陶艺术闻名。他先在家乡，后在阿富汗北部小镇巴尔赫接受教育，巴尔赫位于喀布尔西北约三百公里处，离开他的故乡有千里之遥。正如“海亚姆”这个名字的含义“帐篷制作者”那样，欧玛尔的父亲是一位手工艺人，他经常率领全家从一座城市迁移到另一座城市。加上时局动乱，如同海亚姆在《代数学》的序言中所写的：“我不能集中精力去学习代数学，时局的变乱阻碍着我。”尽管如此，他写出了颇有价值的《算术问题》和一本关于音乐的小册子。

大约在1070年前后，20岁出头的海亚姆离家远行，他向北来到中亚最古老城市之一的撒马尔罕。曾被亚历山大大帝征服的撒马尔罕那会儿正处于（土耳其）突厥人的统治之下，其时“一代枭雄”成吉思汗和意大利旅行者马可·波罗均未出世，他们后来从不同的方向以不同的方式踏上这块土地。海亚姆来此是应当地一位有政治地位的大学者的邀请，他在主人的庇护下，安心从事数学研究，完成了代数学的重要发现，包括三次方程的几何解法，这在当时算最深奥、最前沿的数学了。依据这些成就，海亚姆完成了一部代数著作《还原与对消问题的论证》，后人简称为《代数学》。

不久，海亚姆应塞尔柱王朝第三代苏丹马利克沙的邀请，西行至都城伊斯法罕，在那里主持天文观测并进行历法改革，他并受命在该城修建一座天文台。塞尔柱人本是乌古思部落的统治家族，这个部落是居住在中亚和蒙古草原上突厥诸族的联盟，其中的一支定居在中亚最长的河流——锡尔河下游，即今天哈萨克斯坦境内靠近咸海的地方，并加入了伊斯兰教逊尼派。11世纪时他们突然离开故土，向南尔后向西，成为一个控制了从阿姆河到波斯湾，从印度河到地中海的大帝国。一个世纪以后蒙古人的远征无疑是受此鼓舞，他们和突厥人本是同宗，不同的是，蒙古人只有一部分皈依了伊斯兰教。

由于塞尔柱人没有自己的文化传统，他们接受了辖内波斯经师们的语言，波斯文学广为流传，波斯的学者和艺术家也得到了尊重，这一点与马其顿人对希腊的征服如出一撤。正因为如此，海亚姆才有机会去首都。现在我们必须要说说伊斯法罕这座城市，它是今天伊朗仅次于首都德黑兰的第二大城市，有一百多万人口，以宏伟的清真寺、大广场、水渠、林荫道和桥梁闻名(这一景象在我于公元2004年夏末抵达时依稀可辨)。除了塞尔柱王朝以外，波斯帝国的国王阿拔斯一世也曾定都此城，使其成为17世纪世界上最美丽动人的城市。有一句波斯谚语流传至今，“伊斯法罕:世界的一半”。

马利克沙是塞尔柱王朝最著名的苏丹,1072 年,年仅 17 岁的他便继承了王位,得到了老丞相穆尔克的鼎立辅助。马利克沙在位期间,继承了父亲的事业,征服了上美索不达米亚和阿塞拜疆的藩主,吞并了叙利亚和巴勒斯坦的土地,并控制了麦加、麦地那、也门和波斯湾地区。据说他的一支军队抵达并控制了君士坦丁堡对岸的尼西亚,拜占庭帝国遂遣使向西方求救,于是才有了几年以后十字军的首次东征。与此同时,国内的人民安居乐业,苏丹本人对文学、艺术和科学均表现出了极大的兴趣,他广邀并善待学者和艺术家,兴办教育,发展科学和文化事业。

在历史学家看来,马利克沙统治下的伊斯法罕以金光灿烂的清真寺、欧玛尔·海亚姆的诗篇和对历法的改革闻名,其中后两项与海亚姆直接有关。无疑这是海亚姆一生最安谧的时期,他仅担任伊斯法罕天文台台长就达 18 年之久。遗憾的是,到了 1092 年,马利克沙的兄弟、霍拉桑总督发动了叛乱,派人谋杀了穆尔克,苏丹随后也(在巴格达)突然去世,塞尔柱王朝急剧衰退了。马利克沙的第二任妻子接收了政权,她对海亚姆很不友善,撤消了对天文台的资助,历法改革难以继续,研究工作也被迫停止。可是,海亚姆仍留了下来,他试图说服和等待统治者回心转意。

大约在 1096 年,马利克沙的第三个儿子桑贾尔成为塞尔柱王朝的末代苏丹,此时帝国的疆土早已经收缩,他更像是霍拉桑的君主了。尽管成年以后,桑贾尔也曾征服阿姆河和锡尔河之间的河间地带,并到达印度边境,但最后仍兵败撒马尔罕。1118 年,他不得不迁都至北方的梅尔夫,那是中亚细亚的一座古城,其遗址位于今天土库曼斯坦的省会城市马雷。海亚姆也随同前往,在那里他与他的弟子们合写了一部著作

《智慧的天平》,用数学方法探讨如何利用金属比重确定合金的成分,这个问题起源于阿基米德。

晚年的海亚姆独自一人返回了故乡内沙布尔,招收了几个弟子,并间或为宫廷预测未来事件(梅尔夫离内沙布尔不远)。海亚姆终生未娶,既没有子女,也没有遗产,他死后,他的学生将其安葬在郊外的桃树和梨树下面。海亚姆的四行诗在19世纪中叶被译成英文以后,他作为诗人的名声传遍了世界,至今他的《鲁拜集》已有几十个国家的一百多种版本问世。为了纪念海亚姆,1934年,由多国集资,在他的故乡修建了一座高大的陵墓。海亚姆纪念碑是一座结构复杂的几何体建筑,四周围绕着八块尖尖的棱形,棱形内部镶嵌着伊斯兰的美丽花纹。

二　智力的世界

海亚姆早期的数学著作已经散失,仅《算术问题》的封面和几片残页保存在荷兰的莱顿大学。幸运的是,他最重要的一部著作《代数学》流传下来了。1851年,此书被F.韦普克从阿拉伯文翻译成了法文,书名叫《欧玛尔·海亚姆代数学》,虽然没赶上12世纪的翻译时代,但比他的诗集《鲁拜集》的英文版还是早了8年。1931年,在海亚姆诞辰800周年之际,由D.S.卡西尔英译的校订本《欧玛尔·海亚姆代数学》也由美国哥伦比亚大学出版了。我们今天对海亚姆数学工作的了解,主要是基于这部书的译本。

在《代数学》的开头,海亚姆首先提到了《算术问题》里的一些结果。"印度人有他们自己开平方、开立方的方法……我写过一本书,证明他们的方法是正确的。我并加以推广,可以求平方的平方、平方的立方、立方的立方等高次方根。这些代数的证明仅仅以《原本》里的代数部分为依据。"这里海亚姆提到他写的书应该是指《算术问题》,而《原本》即欧几里得的《几何原本》,这部希腊数学名著在9世纪就被译成阿拉伯文,而意大利传教士利玛窦和徐光启合作把它部分译成中文已经是17世纪的事情了。

海亚姆所了解的"印度算法"主要来源于两部早期的阿拉伯著作《印度计算原理》和《印度计算必备》,然而,由于他早年生活在连接中亚和中国的古丝绸之路上,很可能也受到了中国数学的影响和启发。在至迟于公元前1世纪就已问世的中国古代数学名著《九章算术》里,给出了开平方和开立方的一整套法则。在现存的阿拉伯文献中,最早系统地给出自然数开高次方一般法则的是13世纪纳西尔丁编撰的《算板与沙盘算术方法集成》。书中没有说明这个方法的出处,但由于作者熟悉海亚姆的工作,因此数学史家推测,极有可能出自海亚姆。可是,由于《算术问题》失传,这一点已无法得到证实。

海亚姆在数学上最大的成就是用圆锥曲线解三次方程,这也是中世纪阿拉伯数学家最值得称道的工作。所谓圆锥曲线就是我们中学里学到过的椭圆(包括圆)、双曲线和抛物线,可以通过圆锥与平面相交而得。说起解三次方程,最早可追溯到古希腊的倍立方体问题,即求作一立方体,使其体积等于已知立方体的两倍,转化成方程就成了$x^3=2a^3$。公元前4世纪,柏拉图学派的门内赫莫斯发现了圆锥曲线,将上述解方程问题转化为求两条抛物线的交点,或一条抛物线与一条双曲线的交点。这类问题引起了伊斯兰数学家极大的兴趣,海亚姆的功劳在于,他考虑了三次方程的所有形式,并一一予以解答。

具体来说,海亚姆把三次方程分成14类,其中缺一、二次项的1类,只缺一次项或二次项的各3类,不缺项的7类,然后通过两条圆锥曲线的交点来确定它们的根。以方程 $x^3+ax=b$ 为例,它可以改写成 $x^3+c^2x=c^2h$,在海亚姆看来,这个方程恰好是抛物线 $x^2=cy$ 和半圆周 $y^2=x(h-x)$ 交点 C(如下图)的横坐标 x,因为从后两式消去 y,就得到了前面的方程。不过,海亚姆在叙述这个解法时全部采用文字,没有方程的形式,让读者理解起来非常不易,这也是阿拉伯数学后来难以进一步发展的原因之一。

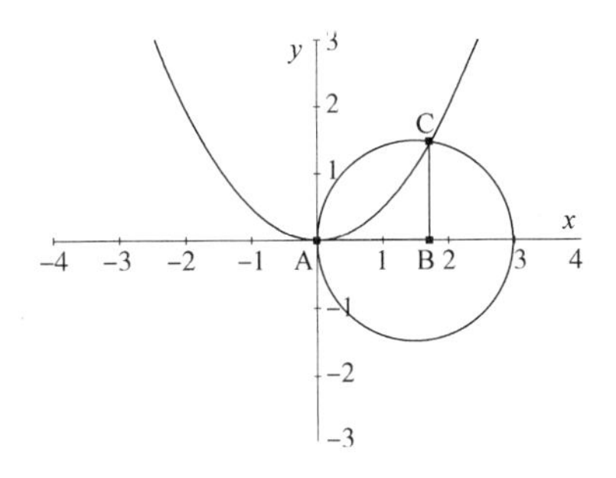

三次方程的几何解图例

海亚姆也尝试过三次方程的算术(代数)解法,却没有成功。但他在《代数学》中预见到:"对于那些不含常数项、一次项或二次项的方程,或许后人能够给出算术解法。"五个世纪以后,三次和四次方程的一般代数解法才由意大利数学家给出。而五次或五次以上方程的一般解法,则在19世纪被挪威数学家阿贝尔证明是不存在的。值得一提的是,解方程在欧洲的进展并不顺利。意大利几位数学家因为抢夺三次和四次方程的发明权闹得不可开交,甚至到了反目成仇的地步,而阿贝尔的工作至死都没有被同时代的数学家认可。

在几何学领域,海亚姆也有两项贡献,其一是在比和比例问题上提出新的见解，其二便是对平行公理的批判性论述和论证。自从欧几里得的《几何原本》传入伊斯兰国家以后，第五公设就引起数学家们的注意。所谓第五公设是这样一条公理："如果一直线和两直线相交，所构成的两个内角之和小于两直角，那么，把这两条直线延长，它们一定在那两内角的一侧相交。"这条公理无论在叙述和内容方面都比欧氏提出的其他四条公设复杂，而且也不是那么显而易见，人们自然要产生证明它或用其他形式替代的欲望。需要指出的是，18世纪的苏格兰数学家普莱菲尔将其简化为如今的形式，即过直线外一点能且只能作一条平行线与此直线平行，但仍然不那么自明。

1077年，海亚姆在伊斯法罕撰写了一部新书，书名就叫《辩明欧几里得几何公理中的难点》，他试图用前四条公设推出第五公设。海亚姆考察了四边形 $ABCD$，如下图所示，假设角 A 和角 B 均为直角，线段 CA 和 DB 长度相等。海亚姆意识到，要推出第五公设，只需证明角 C 和角 D 均为直角。

用以证明平行公式的四边形

为此，他先后假设这两个角为钝角、锐角和直角，前两种情况均导出矛盾。有意思的是，这种处理问题的方式与19世纪才诞生的非欧几何学有着密切的联系。事实上，假设前两种情况为真，就可以直接导出非欧几何学，后者是现代数学最重要的发现之一。

遗憾的是，海亚姆并没有意识到这一点，他的论证注定也是有缺陷的。他所证明的是，平行公设可以用下述假设来替换：如果两条直线越来越接近，那么它们必定在这个方向上相交。值得一提的是，非欧几何学发明人之一的俄国人罗巴切夫斯基也生活在远离西方文明的喀山。喀山是少数民族聚集的鞑靼自治共和国的首府，与伊斯法罕同处于东经50度附近，只不过喀山在里海的北面，而伊斯法罕在里海的南面。尽管海亚姆没有能够证明平行公设，但他的方法通过纳西尔丁的著作影响了后来的西方数学家，其中包括17世纪的英国人、牛顿的直接前辈——沃利斯。

除了数学研究以外，海亚姆在伊斯法罕还领导一批天文学家编制了天文表，并以庇护人的名字命名之，即《马利克沙天文表》，现在只有一小部分流传下来，其中包括黄道坐标表和一百颗最亮的星辰。比制作天文表更重要的是历法改革，自公元前1世纪以来，波斯人便使用琐罗亚斯德教（创立于公元前7世纪）的阳历，将一年分成12月365天。阿拉伯人征服以后，被迫改用回历，即和中国的阴历一样：大月30天，小月29天，全年354天。不同的是，阴历有闰月，因而与寒暑保持一致；而回历主要为宗教服务，每30年才加11个闰日，对农业极为不利，盛夏有时在6月，有时在1月。

马利克沙执政时，波斯人已经重新启用阳历，他在伊斯法罕设立天文台，并要求进行历法改革。海亚姆提出，在平年365天的基础上，

33 年闰 8 日。如此一来，一年就成了 365 又 8/33 天，与实际的回归年（地球绕太阳自转一圈所用时间）误差不到 20 秒，即每 4460 天才相差一天，比国际上现行普遍使用的公历（又称格里历，400 年闰 97 日，1582 年由罗马教皇格里高利颁布，但非天主教国家如英、美、俄、中等国迟至到 18、19 甚或 20 世纪才开始实行）还要精确，后者每 3333 年相差一天。特别值得注意的是，如果把回归年的小数部分按数学的连分数展开，其渐近分数分别为

1/4，7/29，8/33，31/128，132/545，……

第一个分数 1/4 相当于四年闰一日，对应于古罗马独裁者凯撒颁布的儒略年，每 128 年就有一天误差。海亚姆的历法对应的是第三个分数，即 8/33。由此可见，海亚姆制订的历法包含了最精确的数学内涵，如果限定周期少于 128 年，则 33 年闰 8 日是最好可能的选择。他以 1079 年 3 月 16 日为起点，取名“马利克纪年”，可惜随着庇护人的去世，历法工作半途夭折了，而那个时候世界各国使用的阳历误差已多达十几天了。海亚姆感到无奈，他在一首四行诗中发出了这样的叹息（《鲁拜集》第 57 首）：

啊，人们说我的推算高明
纠正了时间，把年份算准
可谁知道那只是从旧历中消去
未卜的明天和已逝的昨日

三　精神的世界

如果海亚姆仅仅是个数学家和天文学家(据说他还精通医术,兼任苏丹的太医),那他很可能不会终身独居,虽然他的后辈同行笛卡尔、帕斯卡尔、斯宾诺莎、牛顿和莱布尼茨等也不曾结婚。这几位西方智者在从事科学研究之余,均把自己的精神献给宗教或哲学。海亚姆在潜心于科学王国的同时,也悄悄地把自己的思想记录下来,但却以诗歌的形式。不同的是,他的作品因为不合时宜,很有可能在初次展示以后便收了起来。或者,由于他的身份是数学家和天文学家,被人们忽略了。事实上,尽管对海亚姆创作的诗歌数量意见不一,后世学者们一致认定,他并不囿于伊斯兰宣扬的真主创造世界这一观点,因此,他不讨正统的穆斯林喜欢。

要谈论海亚姆的诗歌,必须要先了解波斯的文学传统。公元651年,阿拉伯人摧毁了古伊朗最后一个王朝——萨珊,把波斯置于政教合一的哈里发的版图内,伊斯兰教取代了琐罗亚斯德教,阿拉伯语成了官方语言。但波斯民间却产生了新的语言——现代波斯语,他是古波斯语即巴列维语的变体,经过演变,用阿拉伯字母书写并引进了阿拉伯词汇。运用现代波斯语进行创作的文学,就是波斯文学。波斯文学崛起的地方正好是海亚姆的故乡——霍拉桑,之后,在地中海东岸、中亚细亚、高加索地区、阿富汗和北印度也相继出现了著名的波斯语诗人和作家。

不仅如此,在被阿拉伯人占领几个世纪以后,在远离阿拉伯半岛的地方又出现了一个波斯人的王朝——萨曼,其疆域包括霍拉桑和河间地带。在塞尔柱人到来之前,已经有将近两百年的自由发展和工商业的繁荣,主要城市撒马尔罕成为学术和诗歌、艺术的中心,另一处诗歌中心则是阿富汗北部的巴尔赫,这两个地方恰好是海亚姆年轻时逗留过的地方。9 世纪中叶,被誉为"波斯诗歌之父"的鲁达基出生在撒马尔罕郊外,他年轻时四处游历,晚年贫穷潦倒且双目失明,可仍活到了 90 高龄,并奠定了被称作霍拉桑体的诗歌风格的基础。

在鲁达基去世前六年,霍拉桑又诞生了一位重要诗人菲尔多西,他也被波斯人认为是他们民族最伟大的诗人,其代表作是叙事诗《王书》(完成于 1010 年,中译本叫《列王纪选》),讲述了从神话时代到萨珊王朝历代皇帝的故事。将近一千年来,这部诗集被世世代代的波斯人吟咏或聆听。她具有霍拉桑诗歌的特点,即叙述简明,用词朴实,描述人物和环境不过多铺垫,并绝少使用阿拉伯语汇。不过,有些西方学者们批评菲尔多西这部浩瀚的诗篇中韵律单调枯燥,内容陈旧且不断重复。这些人恐怕无法理解现代的伊朗人,这部书对他们就像《圣经》对说英语的基督教徒那样通俗易懂。

在菲尔多西逝世二十多年以后,海亚姆降生在霍拉桑。不过,此时他的故乡已经在塞尔柱王朝的统治之下。如果不是在内沙布尔开始他的诗人生涯,那么至少他也应该在巴尔赫或撒马尔罕这两处诗歌中心萌发灵感。由于海亚姆死后半个世纪才有人提到他的诗人身份,我们对他生前的写作状况就无从了解了。只知道海亚姆写的是无题的四行诗,这是一种由鲁达基开创的诗歌形式,第一、二、四行的尾部要求压韵,类似于中国的绝句。虽然,每行诗的字数并无严格的要求,却也有着"语不惊人死不休"的气概,正如海亚姆诗中所写的(《鲁拜集》第 71 首):

那挥动的手臂弹指间已完成
继续吟哦，并非用虔诚或智慧
去引诱返回删除那半行诗句
谁的眼泪都无法将单词清洗

1859年，即达尔文出版《物种起源》那年，一个叫爱德华·菲茨杰拉德的英国人把海亚姆的101首诗汇编成一本朴素的小册子，取名《鲁拜集》(Rubaiyat，阿拉伯语里意即四行诗)，匿名发表了，那年他已经50岁，在文坛寂寂无名。此前，他曾尝试将其翻译成拉丁文，最后才决定用自己的母语。菲茨杰拉德早年就读于剑桥大学最负盛名的三一学院，与《名利场》的作者萨克雷结下终生的友谊，毕业后过着乡绅生活，与丁尼生、卡莱尔等大文豪过从甚密，对自己的写作却缺乏信心。中年

《鲁拜集》插图

后他才开始学习波斯语并把兴趣转向东方，译《鲁拜集》时他采用不拘泥于原文的意译，常用自己的比喻来传达诗人思想的实质。

从第二年开始，英国的文学同行纷纷称赞这部译作。诗人兼批评家斯温伯格写到，"菲尔茨杰拉德给了欧玛尔·海亚姆在英国最伟大诗人中间一席永久的地位"，诗人切斯特顿察觉到这本"无与伦比的"集子的浪漫主义和经典特色，"既有飘逸的旋律又有持久的铭刻"。更有甚者，有些批评家认为这个译本实际上是一些有着波斯形象的英国诗，这未免夸大其词。《大不列颠百科全书》在菲尔茨杰拉德的条目里冠之以"作家"而非"翻译家"的头衔，其实，菲尔茨杰拉德的所有文学创作表明，他作为一个作家十分平庸，不足以收入百科全书的条目。

1924年，郭沫若率先从英文翻译出版了《鲁拜集》，依据的正是菲尔茨杰拉德的版本。从那以后，已有十多位中国诗人和学者从英文或波斯文尝试翻译。郭沫若把海亚姆比作波斯的李白，这是由于他们两人都嗜酒如命。有意思的是，将近半个世纪以后，郭沫若又第一个考证出李白出生在中亚的碎叶（今吉尔吉斯斯坦伊塞克湖西岸的托克马克城附近），似乎有意要让李白与海亚姆成为乡邻。假如他的考证属实，那么海亚姆生活过的国家就与毕达哥拉斯一样多了。无论如何，郭沫若的《李白与杜甫》（1971）是"文革"期间中国知识分子可以阅读的少数几部诗学论著之一。这里随意录下海亚姆的一首吟酒之诗：

来吧，且饮下这杯醇酒

趁命运未把我们逼向绝路

这乖戾的苍天一旦下手
连口清水都不容你下喉

古人云,仁者见仁、智者见智。阿根廷诗人博尔赫斯对《鲁拜集》的印象是,每每"以黎明、玫瑰、夜莺的形象开始,以夜晚和坟墓的形象结尾"。这是因为,海亚姆与博尔赫斯一样,也是一个耽于沉思的人。海亚姆苦于不能摆脱人间天上的究竟、生命之短促无常以及人与神的关系这些问题。他怀疑是否有来世和地狱天堂的存在,嘲笑宗教的自以为是和学者们的迂腐,叹息人的脆弱和社会环境的恶劣。既然得不到这些问题满意的回答,他便寄情于声色犬马的世俗享受。尽管如此,他仍不能回避那些难以捉摸的根本问题。

谈到"及时行乐",原本它就是"欧洲文学最伟大的传统之一"(英国诗人 T. S·艾略特语),这一主题的内涵并非只是一般意义下的消极处世态度,同时也是积极的人生哲理的探究。事实上,醇酒和美色在海亚姆的诗中出现的频率比起放浪无羁的李白还要高,而伊斯兰教是明令禁酒的,这大概是他的诗被同代学者斥为"色彩斑斓的吞噬教义的毒蛇"的原因之一,在虔诚的伊斯兰信徒眼里,他的诗都是些荒诞不经的呓语(迫于教会的压力,他在晚年长途跋涉,远行至伊斯兰的圣地——麦加——朝圣)。海亚姆之所以逆水行舟,其目的无非是想从无生命的物体中,探讨生命之谜和存在的价值,

我把唇俯向这可怜的陶樽,
向把握生命的奥秘探询;
樽口对我低语道:"生时饮吧!

一旦死去你将永无回程。”

上个世纪初，14 岁的美国圣路易斯男孩艾略特偶然读到爱德华·菲尔茨杰拉德的英译本《鲁拜集》，立刻就被迷住了。这位 20 世纪难得一见的大诗人后来回忆说，当他进入到这光辉灿烂的诗歌之中，那情形“简直美极了”，自从读了这些充满“璀璨、甜蜜、痛苦色彩的”诗行以后，便明白了自己要成为一名诗人。同样值得一提的是，在金庸的一部冠名《倚天屠龙记》的武侠小说里，女主人公小昭反复吟唱着这样一支小曲，“来如流水兮逝如风，不知何处来兮何所终”，该曲原出自海亚姆的《鲁拜集》，作者添加了两个“兮”字，便有了中国古诗的味道，而在这部中国小说的结尾，小昭被意味深长地发配去了波斯。

2006 年 12 月，杭州西溪

奇异的旅行者:詹姆斯·乔伊斯

一

2002年初夏,我应邀参加了苏黎世诗歌节,有机会得以首次造访这座欧洲物价最昂贵的城市。苏黎世位于瑞士联邦北部的德语区,是全国第一大城市和欧洲的金融中心。德国诗人、翻译家托比亚斯·布加特和他的阿根廷妻子乔安娜从西班牙文翻译了我的十首诗歌,并用英文译稿作了校对。这些诗作后来出现在《斯图加特日报》和柏林一家叫INKOTA的综合性杂志上,和中国一样,在欧洲报刊发表诗作稿费很少,影响力也有限。布加特深谙此道,他把我向苏黎世诗歌节作了推荐。不仅我荣幸地接到邀请,组委会同时也把布加特夫妇邀请到了苏黎世。瑞士人出手大方,除了报销旅费、提供五星级的喜来登酒店招待以外,还有一笔朗诵费,可以让我在诗歌节闭幕后到邻近的奥地利和几个东欧国家游览。

与瑞士另外两座历史名城日内瓦和巴塞尔相比,我原以为苏黎世只是金融和商业中心,文化旅游资源相对匮乏,但事实并非如此。19世纪末,物理学家爱因斯坦在城东的联邦工业大学平静地度过了大学时代,他后来又在苏黎世大学取得博士学位并短暂执教。就在爱因斯坦大学毕业那年,精神病理学家荣格来到了苏黎世湖畔,行医并教书直到去世，他的学生和病人中有心理学家皮亚杰和作家黑塞。前者在现代儿童思维研究领域进行了一场哥白尼式的革命，并揭示了成人的思维是如何根植于其中的；后者被誉为“浪漫派的最后一位骑士”，曾获得过诺贝尔文学奖。黑塞虽以诗歌见长，但其小说也影响甚远，在德语文学史上堪称一绝。

在来苏黎世之前，我的脑海里便浮现出两幅景象。第一幅是利马特河不远的伏尔泰酒吧。1916年，在第一次世界大战的隆隆炮声中，极端无政府主义艺术——达达，意外地诞生在此。我曾经去寻访这家酒吧的遗址，发现它的四周被脚手架环绕着，一家新的时装店即将开业。很难想象，当年那里曾举办过疯狂的多语种诗歌朗诵会。另一幅是墓地照片，风烛残年的美国诗人艾兹拉·庞德站在老友、爱尔兰小说家詹姆斯·乔伊斯塑像前。乔伊斯光着头，戴着金丝眼镜，交叉着腿盘坐着，左手托腮，右手拿着一本翻开的书，一支拐杖靠着大腿。那是1967年冬天，庞德已经82岁，他披着围巾、裹在大衣里，头戴礼帽、手拄拐杖，两人相距不足五米。令我印象深刻的是，乔伊斯的脑袋是如此小巧玲珑，使得整座雕像看起来像是一具骷髅。这幕景象我当然不会错过，而且不止一次造访。

即使在多灾多难的20世纪，犹太民族也贡献出了不计其数的杰出人才，以至于每一位伟大的作家身上都有可能流淌着犹太人的血液，但乔伊斯显然不是，他是庞德的朋友，后者是臭名昭著的反犹主义者。作为20世纪最有影响力的英语诗人之一，庞德也是一位著名的文学活动家，他对现代主义诗歌和小说的贡献就像德国数学家希尔伯特对数学和物理学的贡献一样。除了帮助意象派诗歌团体和小说家海明威等同胞作家以外，他还安排发表了乔伊斯的《青年艺术家的肖像》和艾略特的《荒原》,后者把这首长诗题献给了庞德,甚至年长一辈的叶芝也极言庞德对自己的教益。更让人高兴的是,部分是由于庞德的喜爱和推崇,中国的古典主义诗歌才在西方产生了较为广泛的影响,李白也成为迄今为止最具国际知名度的中国作家。

庞德的问题在于他关心的事情太多,甚至超出了文学的范畴,比如战争及其与欧美经济的渊源。他不仅发表了少量有见地的经济学论文,还在诗歌中广为应用,尤其是在晚年完稿于意大利的《诗章》中,他对普遍意义上违反自然的高利贷进行了抨击,同时又对国家控制信贷体系表示赞赏。难怪英国批评家西里尔·康诺利调侃说:“《诗章》里的气候很像我们英国,大部分时间里都刮着一股夹着雨意的西南风,有时转多雾——经济学论文的雾,偶尔会露出几抹地中海地区灿烂的阳光。”

《诗章》的开头部分原来是用布朗宁式的戏剧独白来嘲弄那些试图用欧洲的过去教化美国的企图,后来他参照奥德修斯故事中主人公对阴间的采访以及为了重返伊萨卡岛不得不挫败其战友和包括母亲在内的亲属的欺诈行为的情节,用古英语的韵律进行了改写。这让我想起乔伊斯的《尤利西斯》,后者是希腊名字奥德修斯的拉丁译名。

二

爱尔兰仅有三百多万人口,居住在海外的侨民却多达三千多万,这一点比起印度支那的老挝来有过之而无不及,后者的人口四百多万,旅居邻国的同胞却有两千多万。这两个国家的人民都喜好迁移,原因却不尽相同,一个被大海环绕,另一个远离大海。爱尔兰人和邻近的英国人虽然居住在欧洲的最西端,但并没有成为地理大发现的先驱,或许,生活在海岛的人民更向往过安逸的日子。直到 19 世纪中叶,爱尔兰人才和英国人、德国人一起组成了移居美国的第一批欧洲人的主体,尤其在纽约一带较为集中,以至于爱尔兰的国庆日——圣巴特里克节——极其罕见地成为美利坚合众国的法定假日。同时,有一首曲调忧伤的爱尔兰民歌也传遍世界,歌名非常浪漫,叫《夏日最后的玫瑰》,它与上个世纪 80 年代以来那支红遍全球的爱尔兰摇滚乐队 U2 的风格相去甚远。

正如奥地利人在音乐上的成就可以与德国人相提并论,爱尔兰人在文学上的成就也堪与英国人媲美。斯威夫特、王尔德、萧伯纳、叶芝、乔伊斯、贝克特、希尼,这一串闪闪发光的名字犹如北斗七星辉耀在天空,而爱尔兰的人口仅为英国的十六分之一(奥地利的人口不足德国的十分之一)。只是为了出人头地,这些作家先后来到伦敦或巴黎闯天下,并且使用英文或法文写作。除了患有梅尼埃尔氏病,一生伴随着周期性的昏眩和呕吐而不得不滞留岛上的斯威夫特以及尚且健在的希尼以外,另外五位都客死异乡。其中尤以乔伊斯迁移最为频繁,流落海外的时间最久,他 22 岁离开祖国,仅有两次(27 岁和 30 岁)为了处理出版事宜回国稍作逗留,终其余生辗转生活在奥匈帝国的波拉、的里雅斯特,意大利的罗马,法国的巴黎、维希和瑞士的苏黎世等地。

1882 年 2 月 2 日,詹姆斯·乔伊斯出生在都柏林郊外的一个中产阶级家庭,六岁时被送到一所耶稣会开办的寄宿学校,三年后由于家道败落,先后转学到一所慈善学校和一所走读学校读书。乔伊斯在学生时代开始写诗,出版过几部诗集,可是风格比较保守,语言过时、僵化,略显苍白,以至于1904年以后他再也不认为自己是诗人了。但他的诗人气质并未消失,而是溶化在散文作品——他的小说里了。18岁生日刚过,他就在伦敦的《双周评论》上发表了《易卜生的戏剧》一文,得到那位年事已高的挪威剧作家本人的赞许。两年以后,他在都柏林大学获得文学学士学位。同年秋天,乔伊斯进入一家医学院,却由于交不起学费而辍学。接着,他两度赴巴黎,试图以写书评和教英语为生,均未取得成功。

乔伊斯的内心就像易卜生戏剧中命运多桀的艺术家主人公一样,始终充满了"孤寂、沉默、出走和狡狯"。1904年,母亲去世以后的第二年,他在一次散步中结识了在旅馆做侍者的姑娘诺拉,当年6月16日,乔伊斯在一次郊游时向她倾诉了爱慕之情。他称这一天为"开花之日",后来又成为以《尤利西斯》的主人公命名的"布卢姆日"。四个月以后,乔伊斯不顾父亲的反对,和诺拉一起来到欧洲大陆,当他们长途跋涉到达苏黎世,原来期望的教职却被人占了先。不得已他们转到亚平宁半岛,在亚德里亚海边的波拉安了家,乔伊斯在镇上一所语言学校教授英语,后来他们又迁到附近的的里雅斯特,诺拉在那里生下一对儿女。乔伊斯的学生中有一个年长他二十多岁的犹太商人,后来以斯韦沃的笔名发表小说,成为意大利第一个国际知名的现代派作家。

1915年夏天,由于第一次世界大战的缘故,乔伊斯一家离开隶属奥匈帝国的的里雅斯特,来到他们青年时代向往过的苏黎世,在那里做英语家庭教师。正是在瑞士居留的四年期间,他的短篇小说集《都柏林人》和长篇小说《青年艺术家的肖像》得以出版,同时在双目几乎失明的情况下,开始了《尤利西斯》的写作。1920年夏天,返回的里雅斯特没几个月的乔伊斯在庞德的劝说下移居巴黎，在法国一住就是20年，期间《尤利西斯》几经波折出版。他还写成了《为芬尼根守灵》，后一部小说是怀着世界历史循环往复的信念完成的。1940年隆冬，纳粹侵入巴黎，乔依斯夫妇逃离了法国，又回到苏黎世。四个星期以后，他做了溃疡穿孔手术。术后未能恢复，于次年1月13日逝世。诺拉继续一个人住在苏黎世，直到十年以后去世。

三

乔伊斯并不是一位高产的小说家，可是他的每一部作品都为人们所关注。在我看来，《都柏林人》和来自加勒比海的英国作家奈保尔《米格尔大街》有着相似之处，这两部小说处女作均是通过少年的眼睛描写故乡的风情和个人经验的短篇集子。两位作家均来自海岛，特立尼达和多巴哥比之英伦在面积上与爱尔兰比之欧洲大陆的西部相差无几。他们后来的生活表面上大相径庭，实则殊途同归，奈保尔周游列国走遍世界，乔伊斯则在欧洲循环往复作小范围的迁移，他们都把个人经验成功地转变成了小说。乔伊斯不像莎士比亚那样善于假想别人的生活场景，只好运用自己早年在都柏林的有限生活和社会交往，在悠长的异国之旅中不断想象自己在过去年代漫步。所幸他的每一次迁徙都为自己营造了一个新的环境来做这样的回忆，同时，他还和斯威夫特一样是一位讽刺大师，这帮助他不断调节自己的风格，使之与新的主题相适应并给读者带来新鲜感。

多年以前，我看过一部叫《诺拉》的电影，讲的是从乔伊斯和诺拉相识直到《都柏林人》出版这12年的时光，这部书在出版商手里存放了九年。有许多水边码头和火车沿亚德里亚海边飞驰的镜头,使我想起不停地迁移的乔伊斯似乎从未乘坐过飞机。影片中的青年乔伊斯腼腆、胆小、多疑,性感、机智、勇往无前的诺拉给了他力量,但经济的拮据和现实的艰辛(乔伊斯屡遭退稿)又几次使她失去信心。他们之间的肉体关系和争吵是这部影片的主题之一,最激烈的一次发生在他们最后一次返回都柏林的时候,有一位昔日好友竟然厚颜无耻地宣称自己曾与诺拉有染(这一点让我明白他们当年出走的原因并非完全为了写作)。乔伊斯坚决遵守对诺拉许下的诺言,他们在1931年携同已有精神病预兆的女儿前往伦敦,在他父亲生日那天完婚,此时距离他不顾父亲反对与诺拉私奔已有27年,这件事本身就像一个传奇。

乔伊斯是一位运用神话的专家,这使得他的研究者人数众多,也使得读者对他提供的现实产生了距离,他们通过自己的想象不断修补这一距离。《尤利西斯》的每一章都根据荷马史诗的一个故事写成,并十分巧妙地写出了古代与现代的各种相似之处,作者清醒地意识到,虽然时光流逝,但是世界的本质和人的本质并没有改变。在这部巨著中,乔伊斯为了充分表现他那成熟的、结过婚的和"全面的"男子汉主人公,在流浪者奥德修斯身上找到了这个形象。而在《青年艺术家的肖像》中,乔伊斯利用了克里特岛上的神话,岛主米诺斯令巧匠代达诺斯设计好迷宫以后,想要杀人灭口。代达诺斯预感到这个命运,他用蜂蜡粘合羽毛做成翅膀顺利逃走,但他的儿子伊卡洛斯第一次试飞时却送了命。乔伊斯认为这样的跌落是一种"向上"的跌落,他用这个故事告诫现代艺术家,必须从家庭、民族主义政治活动和宗教的迷宫中逃离出来。

事实上,乔伊斯中学毕业以后就对宗教信仰产生了怀疑,后来他通过旅行和迁移彻底摈弃了天主教。1922年，乔伊斯40岁生日那天，《尤利西斯》的样本送到了他的手中。那年艾略特谈到乔伊斯时，赞叹他是一位"宣告了19世纪末日"的作家。事实上，正如《泰晤士报》文学编辑约翰·格罗斯所指出的，《尤利西斯》标志着一种社会制度的解体；在这种社会制度下，艺术家至少还可以通过某种有意义的方式与其认同。乔伊斯推翻了以前小说中那种循规蹈矩的虚构情节，尝试运用混杂的风格和突然的转折，从而为小说开辟了其他作家一直探求着的多种可能性。可是，与乔伊斯同年出生且同在巴黎生活过的加拿大画家、小说家、批评家温德姆·刘易斯却把他和柏格森、怀特海这类哲学家混为一谈，并对他那典型20世纪式的关于时间的烦恼大加斥责。

当然，乔伊斯本人也创造了一个神话，即布卢姆日（Bloom's Day），一部小说诞生了一个世界性的节日，这是乔伊斯最值得骄傲的一件事。《尤利西斯》讲的是布卢姆、他的妻子玛莉恩和一名教师迪达勒斯这三个人物在1904年6月16日这一天漫游都柏林街头所发生的事情。如今这一天已成年轻人浪漫约会的日子，每当这一天来临，全世界不计其数的旅行者会涌向都柏林。当地政府和市民也会作好各种准备，让大家充分体验都柏林人一天的生活。在所有赞美之词中，有一个比喻最令乔伊斯兴奋，就是把他的小说与爱因斯坦的物理学相比较。事实上，两个不同方向的进展在时间上有着惊人的相似，1905年，乔伊斯把《都柏林人》的手稿交到了他的编辑手中，爱因斯坦则提出了狭义相对论，而十多年以后，爱因斯坦的广义相对论取得突破性进展的时候，乔伊斯也正在埋头写作长篇巨制《尤利西斯》。

四

诗歌节结束前的那天中午,猛烈的阳光照射着苏黎世,我独自搭乘公共汽车来到东郊弗鲁腾公墓(Friedhof Fluntern),找到了乔伊斯之墓。那里仿佛是一座清净的花圃,只有少量的碑石露出地面,颜色鲜艳的花瓣撒落在整齐的草地上,毋须询问,紧邻山坡的通道上,有一块石牌上刻着两行字。顺着箭头所指,我看到了那尊著名的雕像,比想象中的还要矮小,我顺便记下了那位无名作者的名字 D. Hebald 和雕刻时间 1965 年,距离乔伊斯去世已经 14 个年头。墓的四周被低矮的灌木和草地环绕,诺拉、他们的儿子和儿媳合葬在此。草地边上有一行德文:Bitte das Grab nicht betreten,意思是:请勿进入墓园。比较庞德的那幅照片,显然他是有违规则了,不过我可以设想,警示牌是后人放上去的,原因是庞德的追随者众多。

在乔伊斯墓左侧七八米远处,坐落着另一位文学巨匠、保加利亚出生的英籍西班牙犹太裔作家伊利亚斯·卡内蒂之墓,白色倾斜的石碑上只刻着他的名字和生卒年。卡内蒂年轻时曾在苏黎世求学,他后来获得维也纳大学化学博士学位,用第三语言德语写作。1981 年,这位"德语里的客人"荣获了诺贝尔文学奖。年轻时他是乔伊斯的崇拜者,晚年他从伦敦移居苏黎世,回到德语的怀抱。在我看来,伊利亚斯这个名字就像一个希腊神话中的人物,陪伴着乔伊斯。另一位诺奖得主托马斯·曼也在临近生命的终点,从加利福尼亚移居苏黎世,他被下葬在同属弗鲁腾区的基尔奇伯格乡村墓地,这位《在威尼斯之死》和《魔山》的作者被公认为是 20 世纪德国最伟大的小说家。

《尤利西斯》因为晦涩难懂和独特的性爱描写一度被列为世界性的禁书，后来又被奉为20世纪英语文学的扛鼎之作，乔伊斯本人也被誉为意识流小说的鼻祖。在"布卢姆日"诞生90周年之际，《尤利西斯》被中国作家萧乾夫妇翻译成中文出版，这本是值得庆贺的一件事。遗憾的是，译者本人并不欣赏这部作品。记得有一次，记者出身的作家萧乾在香港接受媒体采访时说："我到瑞士苏黎世郊外拜访詹姆斯·乔伊斯墓那天，曾在他的墓前叹气，我觉得乔伊斯是个很有才华的人，可惜他把才华浪费了。"由一个既不喜欢又不理解乔伊斯作品的译者去译《尤利西斯》，这不能不说是中国文学界和翻译界的悲哀。我不想去猜测萧乾夫妇翻译这部作品的动因，他们只是触摸到世界文学的一座丰碑，其结果是译文不能唤起读者的共鸣。不过，考虑到此书的晦涩和过去年代译者的生活经历，这一点尚有情可原。

让我惊讶的是，这部由南京译林出版社隆重推出的三卷本小说正文前面，不仅把两则自编的附录置于正文之前，还在仅有的一幅乔伊斯肖像前后插入三整页萧乾夫妇及其"三姐"的合影、简历和"墨宝"。我认为这是对读者和作者的不尊重，不难想象乔伊斯的后人和同胞看到会有什么反应，仅凭这几幅照片我就可以断定，这绝不可能是一部好的译作，因为译者本人和出版者并不珍惜。我非常理解，不久以前上海译文出版社的代表到巴黎向米兰·昆德拉购买中文版权时，这位有着无数中文读者的小说家坚决要求，书中不能附加任何多余的文字和介绍，即便是勒口上的作者简历也只许出现以下几个字：米兰·昆德拉，捷克作家。最近，这套13本的选集以朴实无华的面孔与读者见面，销路通畅，这表明中国出版业的进步。

对于乔伊斯这样的作家来说，每一次旅行或迁移都意味着对现实的一种暂时逃避,当他返回或安顿下来,新的现实又复活了。他的小说像一艘艘巨轮,载着他和他的读者驶向大千世界。对诗人们来说,这些巨轮几乎就是一场场灾难。乔伊斯是人类意识新阶段的伟大诗人,他借用具体事物表现了抽象的概念,把我们引入到一个个超越时空的国度,使得原先属于诗人的专有领地被强行侵占。乔伊斯出走以前,曾在都柏林的国家音乐节歌咏比赛中获得了铜质奖章(他唯一的儿子后来成为一名职业的男低音歌唱家),影片《诺拉》的导演也给了他一展歌喉的机会。正是乔伊斯那忧伤甜润的嗓音最后打动了诺拉,美妙的歌声为她勾勒出如梦如幻的奇异旅程,促使她下决心跟着他走到天涯海角。

2003 年 12 月,杭州西溪

伊丽莎白·毕晓普:诗歌与旅行

二

1979年10月6日,20世纪美国最富传奇色彩的女诗人伊丽莎白·毕晓普在波士顿的海滨寓所里溘然长逝,结束了她浪迹天涯的一生。三年后,毕晓普的诗歌全集即在纽约和伦敦两地同时面世,而中年即逝的纽约派诗人领袖弗兰克·奥哈拉的诗歌全集则要在他死后30年才得以出版。我提到这一点并不想暗示毕晓普当时的诗歌地位有多高,而是想说明她的写作数量实在太少了,收集起来比较容易。在这个意义上,毕晓普很像她所欣赏的英国前辈诗人吉拉尔德·霍普金斯。

1911年2月11日,毕晓普紧随着新英格兰一场罕见的暴风雪降生在马萨诸塞州的第二大城市伍斯特,当年身患阵发性抑郁症的父亲就病故了,母亲随后也进了精神病院。虽然祖父拥有万贯家产,包括美东最大的一家建筑公司,毕晓普却是在加拿大新斯科舍省的外祖母和波士顿的姨母的轮流抚养下长大,她从哈得逊河畔的瓦萨女子学院毕业后,即开始了一生的漫游和流浪,先后在纽约、基韦斯特、华盛顿、西雅图、旧金山和波士顿定居。或许是出于天性,20岁刚过的毕晓普就适应了迁移的生活,她在《地图》一诗中写道:

地理学并无任何偏爱,
北方和西方离得一样近。

这首诗被置于毕晓普多种诗集的开头,令诗人终生着迷的是地理和旅行,而不是历史,她曾数十次在加拿大、美国和拉丁美洲之间南来北往,或者横渡大西洋去欧洲。毕晓普每一部诗集的名字,如《北方和南方》、《旅行问题》或《地理之三》都与旅行有关,这不能说只是一种巧合。从50年代初开始,毕晓普干脆定居巴西,先后长达18年,她在当时的首都里约热内卢和两座山区小镇佩德罗波利斯、欧罗·普莱托生活、写作,度过了自认为一生最幸福的时光,她和她的巴西情人洛

晚年的毕晓普

卡居住过的房子如今已成为各国游客观光的景点(这使我想到法国后印象派画家保罗·高更和他的塔希提岛)。

二

就在伊丽莎白·毕晓普去世的同一年,大西洋彼岸的法国首映了根据英国作家托马斯·哈代的小说改变的电影《苔丝》,影片的导演是波兰人罗曼·波兰斯基,苔丝由初上银幕的德国少女娜塔莎·金斯基扮演。我很荣幸地在第二年就看到这部影片,印象最深的是临近尾声的一句台词:"又梦见巴西啦?"出自那位诱奸苔丝姑娘的少爷之口。此时苔丝仍然爱着的情人安吉尔结束了在南美的多年游荡,刚好在那天早晨回来找她。苔丝突然萌生了杀意,她在与安吉尔私奔的途中被捕,随后被处以极刑。从那以后,巴西在我心目中就便成了神秘国度的同义语。不过,我那时尚且是个未开化的少年,既没有获得写作的灵感,也没有读过一首现代诗歌。

20世纪90年代,我有幸两次赴美国访问。在加利福尼亚中部一所大学的图书馆,我借阅了几盘介绍美国诗人生平的录像带,其中就有伊丽莎白·毕晓普,我对她的经历尤其是旅行产生了浓厚的兴趣,这反过来让我重新阅读她的诗歌。后来,我用两个夏天游历了北美,先是坐灰狗和火车,接着又自己驾车,有意无意地抵达了毕晓普生活过的每一座城市。在一首即兴创作的短诗中,我这样写道:

我去过我向往的城市和风景,
在夜的皱褶里我梦见过巴西。

可是,就在我准备动身去南美时,却意外地受挫。或许正是因为这一点,才促使我最后下决心写一部关于伊丽莎白·毕晓普的书,以弥补未能在20世纪去巴西的遗憾。

通过对毕晓普的作品和身世的深入了解,我逐渐发现,诗人的生活是如何被不幸的童年和严重的哮喘病所困扰。不过,正如她回复年轻的安妮·塞克斯顿信中所坦言的:"尽管我拥有'不幸的童年'这份奖品,它哀伤得几乎可以收进教科书,但不要以为我沉溺其中。"与此同时,毕晓普发现旅行和写作是解脱痛苦最好的精神避难所,她的诗歌题材也因此变得广泛多样。毕晓普的一生,由于疾病、酗酒和情场失意等原因造成了写作的迟缓,旅行越来越成为她的一种需要,她生命的一部分,在晚年的一次远足中,她孑然一身,萍踪无定地进行探索(《旅行问题》):

是因为缺乏想象力才使我们离家
远行,来到这个梦一样的地方?

三

毕晓普的诗歌既接受了从赫伯特·里德到威廉·华滋华斯的抒情传统,又吸收了现代主义的养料,她在大学时期就结识了T.S·艾略特和玛丽安娜·莫尔,与莫尔的友谊更被传为文坛佳话。两个年纪相差二十多岁的女人虽然在性格、诗风、地位和生活态度诸方面截然有别,却在第一次晤面时意味相投,她们对怪癖、样式奇特的事物有着共同的爱好，两人都喜欢逛动物园，看马戏表演，了解纹身的知识。毕晓普十分重视客观事物，这使人联想起那些优秀的超现实主义画家，也使她接近华莱士·斯蒂文斯，但两者的出发点不同，毕晓普更为朴素、谦逊和好奇，这一点倒与罗伯特·弗罗斯特一致，她的敏捷、仁慈和准确无误使她的诗歌既快乐又蒙上一层不可言说的哀伤。

毕晓普的诗歌通常开始于观察，无论对一种生物、一处风景还是对日常生活都有独到的发现，这方面的导师是查尔斯·达尔文，她曾到伦敦郊外和太平洋的科隆群岛寻访生物学家的踪迹。毕晓普用一种安详的笔触获得了自然的话语和声调，喜欢细节描写是她的天性。兰德·贾雷尔曾说："她的诗写在这句话的底下，我都看见了。"爱尔兰诗人谢默斯·希尼在《舌头的管辖》里称赞她是最缄默和文雅的诗人，说她通常把自己局限于一种调子，而不会去干扰陌生人在一座海滨酒店用早餐时那种谨慎的低声谈话。

毕晓普的诗歌构思严谨，表面上传统，却能产生令人惶惑的奇特效果，莫尔小姐在她身上发现了"一种闪烁无定的随意"，墨西哥诗人奥克塔维奥·帕斯在《批评的激情》中称之为"幻想的现实主义"，他认为毕晓普身上具有波德莱尔热爱的品质——反常，还说她的眼睛是一位奇思异想的画家的眼睛。罗伯特·洛厄尔接受《巴黎评论》采访时也赞扬说："毕晓普找到了一个世界，她很少写没有探索意义的诗。"这是毕晓普写作较慢的原因之一，她总是把诗稿钉在墙上，然后填进更合适的文字，洛厄尔将这段轶事写进了他的诗歌《随笔》：

你是否仍将词句挂在空中

十年也不完美？

毕晓普的目的是对平凡琐事不断进行超现实的探索,使它们在清醒的世界变得不真实,从而取得意味深长寓言般的效果。要做到这一点并不容易,毕晓普依赖的是一种强烈的音乐节奏、复杂的想象力和洞察力,她的诗歌中呈现出来的某种男性气质使得大多数女诗人望尘莫及。洛厄尔常在波士顿大学的写作课上提到毕晓普的作品,可他的两位高足西尔维娅·普拉斯和安妮·塞克斯顿似乎不为所动,唯有50年代出生的尤莉·格雷厄姆和加拿大的玛格丽特·阿特伍德例外。据洛厄尔的一名学生回忆,他曾把毕晓普列为有史以来最杰出的四位女诗人之一,想必他指的是英语世界,那么另外三位是谁呢?布朗宁夫人、爱米莉·狄金森、伊迪丝·西特韦尔抑或玛丽安娜·莫尔?

四

与诗歌中的节制和精确截然相反,毕晓普的私生活放浪无羁,她的机智、幽默、恰到好处的愤世嫉俗和脉脉含情非常诱人。毕晓普和狄金森、莫尔一样终生未嫁,却不像她们过着苦行僧的生活,她一直把生活看得比写作重要。毕晓普有过五位同性恋伴侣,其中两位比她年轻近30岁,另有两位情人为她自杀,但她厌恶爱伦·金斯堡那样的宣泄狂;她是位病理学上的酒徒,同时是个出色的厨师,其他家务则由女友操持。毕晓普和小她六岁的洛厄尔毕生相爱,却充分意识到两个诗人在一起生活的后果,这一点她比普拉斯明智,后者因为与英国诗人特德·休斯的婚姻破裂导致精神崩溃。

毕晓普的诗歌和小说大多在《纽约客》上刊登过,这家杂志和她签有长期的首选合约。虽然她的诗歌全集只有两百来页,却得到了数十项形形色色的奖励和荣誉，其中《北方和南方：一个寒冷的春天》获得普利策诗歌奖(1956)，《诗合集》获得全国图书奖(1970)，《地理之三》获得全国图书批评家奖(1977)。她的小说(还有翻译和绘画，均有作品集问世)，是她的诗歌的有益补充，代表作《在村庄里》曾获得《党派评论》小说奖。此外，毕晓普担任过国会图书馆诗歌顾问，还获得 Neustadt 国际文学奖，巴西总统勋章和美、加多所大学的荣誉博士学位。晚年毕晓普当选为美国文学和艺术学院院士，出于谋生的需要，她返回故乡马萨诸塞，在哈佛大学教书。

毕晓普以罕见的意志力为我们的时代奉献出一首首美妙的诗歌，她的幻想翱翔在现实和超现实之间的天空，每一次写作都意味着冒险和付出代价。毕晓普的早期作品《人蛾》包含了一整个新的世界，她从中分享到一种深度的逃避：

若你逮住他

举起手电照他的眼睛。里面全是黑瞳仁，
自成一个夜晚，他瞪着你看，那毛刺的
天边紧缩，而后闭上双目。从他的眼里
滴出一颗泪，他仅有的财产，像蜜蜂的刺。
他隐秘地用手掌接住，如果你没有留意
他会吞下它。但如果你发现了，就交给你，
清凉宜人犹如地下的泉水，纯净可饮。

五

法国数学家、思想家布莱斯·帕斯卡尔认为:“几乎所有灾难的发生都是因为我们没有老老实实地待在自己的屋子里。”这句话曾经被他的同胞诗人查理·波德莱尔引用到散文集《巴黎的忧郁》里面,但毕晓普不以为然,“帕斯卡尔或许不完全正确”。对毕晓普来说,一张地图可以提供给她一次完整的神游经验:

我们能够抚摸这些迷人的海湾,
在玻璃镜下面看上去快要开花了,
又像是一只笼盛放着不可见的鱼。

然而,毕晓普最初的旅行或迁移并不令人愉快。六岁那年,祖父母亲自到新斯科舍接她回美国,在返回马萨诸塞的火车上,她感觉自己像是被绑架似的。当她开始在伍斯特上小学,每逢要向星条旗举手敬礼时,总觉得自己背叛了加拿大。从被迫迁移到喜欢流浪、漂泊的生活,诗歌无疑起了关键作用,反过来,旅行也是她写作的主要源泉。对大多数诗人和普通人来说,旅行只是一种爱好和愿望,唯有毕晓普倾其毕生心血,记录她旅行的所见所闻,并提升到前所未有的高度。在整个20世纪,或许只有波兰出生的英国小说家约瑟夫·康拉德可以与之媲美。记得在一架国际航班上,一位法国海员曾经提醒我,康拉德是全世界被水手们阅读得最多的作家。

有一年夏天,毕晓普主动要求和洛卡的一位朋友结伴去游亚马逊河。起初,那位朋友颇有顾虑,担心诗人摇摆不定的情绪,没想到出发以后她就换了个样,变得那样随和,容易相处。毫无疑问,大自然唤起了她的童心,旅行使她的灵魂得以安逸。还有一次,小说家阿尔都斯·赫胥黎夫妇来访,在毕晓普眼里,这位慈祥的英国老头把自己束缚在渊博的知识里,他想给人留下和蔼可亲的印象,却未必能够奏效;然而,他的小说对地理的依赖却让诗人获得共鸣,在一番深入的交谈之后,她决定抽出几个星期的时间,陪伴客人游览巴西西部的印第安人居住区。

直到因脑动脉瘤破裂猝死那年,毕晓普仍身体力行地倘佯在自然中,或许是考虑到总有一天自己会走不动,诗人对最后一个家进行了精心的设计和安排,以便足不出户就能面对世界。从她的阳台上可以俯瞰整个波士顿湾,以及童年和姨母住过的两处地方;客厅里竖立着一面巨大的威尼斯镜子和一只装着彩色小泥人的玻璃柜子,这些小玩意是法国南方人用来装饰圣诞马槽的;墙壁上挂着两件船首和鸟笼的雕刻,还有巴西人用来祈祷病人康复的头像,是用生长在热带雨林中的白塞木做成的;卧室里有一支木桨,上面镂刻着一面巴西国旗,那是她漂流亚马逊河最好的纪念品。正如批评家海伦·文德勒指出的,参观毕晓普的寓所犹如阅读她的一首诗,每个细节都非常别致考究。

六

自从处女诗集《北方和南方》(1956)问世后,毕晓普在美国诗坛的地位即已经建立起来,她那“梦幻般敏捷的”诗歌感动了三代读者,包括约翰·阿什伯里、詹姆斯·梅利尔、马克·斯特兰德、C. K. 威廉斯和尤莉·格雷厄姆等风格迥异的诗人都承认毕晓普对他们有着主要的影响,甚至同时代的罗伯特·洛厄尔也从她的作品里受益匪浅并对她推崇备至,兰德·贾雷尔在一次演讲中引用了洛厄尔的评价,称她是他们那一代最杰出的诗人。

虽然如此,由于前有玛丽安娜·莫尔和希尔达·杜立特尔(欣赏她们的同代诗人艾略特和庞德的名望超过了洛厄尔和贾雷尔),后有西尔维娅·普拉斯和安妮·塞克斯顿(她们的自我剖析尤其是对死亡的谋划和提前实现使其诗歌地位飙升),再加上毕晓普本人的羞怯、缄默(多次拒绝参加女诗人选集和同性恋游行),长期远离文学中心,作品数量少得可怜,灵魂又"躲在她的文字背后"(小说家玛丽·麦卡锡语),所以她没有引起足够的重视。以至于在太平洋西岸的中国,翻译家和批评家们会轻视她,诗人的作品和知名度限于小范围的圈子里(这些人对她倍加珍惜)。

进入90代以后,随着毕晓普当年的崇拜者阿什伯里、梅利尔和斯特兰德逐渐成为英语世界的顶尖诗人,美国当代最权威的批评家哈罗德·布鲁姆和海伦·文德勒对她激赏不已,特别是她的两位生前好友和推崇者——奥克塔维奥·帕斯和谢默斯·希尼(分别写有《伊丽莎白·毕晓普:缄默的权利》和《数到一百:论伊丽莎白·毕晓普》)先后荣获诺贝尔文学奖,毕晓普的诗歌地位和声望日隆,她甚至"证明了越少即是越多"(希尼语)。在毕晓普去世20年后的今天,她终于被确认为是继爱米莉·狄金森、玛丽安娜·莫尔之后美国最重要的女诗人,并被牢固地安置在爱默生、坡和惠特曼开创的传统中。

有一次我在探访波士顿之后,曾开车途经伍斯特(诗人的骨灰安放在她的家族墓地里),目睹一辆汽车从后视镜里消失,忽然联想起毕晓普诗歌中的美，绝不是精巧和对称一类，也并非痛苦和裸露一类，而是像江河的支流、高远的飞鸟和夜晚的萤虫那样蓦然显现。可以告慰诗人的是，她在《旅行问题》中表达的疑虑“哦，我们是否必须梦着我们的梦/并且将这些梦留存”，已经被部分消除，毕晓普的梦连同她的作品一起留在热爱生活和诗歌的人们心中。

1999年9月，杭州西溪

另一个布莱尔:乔治·奥威尔

——纪念乔治·奥威尔诞生100周年

一

1903年6月25日,乔治·奥威尔出生在印度比哈尔邦北部邻近尼泊尔的小镇莫蒂哈里(Motihari),原名埃里克·布莱尔,当时的莫蒂哈里还是个小村庄,属于独立分治的孟加拉。布莱尔太太有着法兰西血统,成长于缅甸的一个柚木商人之家。布莱尔先生是鸦片管理部门的一位职员,比起加尔各答出生的英国作家、小说《名利场》的作者威廉·萨克雷的父亲来,地位要低一些,后者曾是东印度公司的一位官员。

小布莱尔四岁那年,随母亲回到了英国,比萨克雷在印度少待了一年,更比在孟买出生的约塞夫·吉卜林少待了十年。不知道是否因为这个原因,当布莱尔长大成为一名作家以后,并没有追忆殖民地的生活。直到二次大战期间,他参加英国广播公司的印度组,才有机会与东方有了接触,例如,他曾多次邀请中国驻欧洲的战地记者萧乾做客并发表讲话。

1922年,正当现代主义的代表作——詹姆斯·乔伊斯的《尤利西斯》和T.S·艾略特的《荒原》相继在巴黎和纽约问世并风靡一时,布莱尔刚好从伊顿公学毕业。他依靠奖学金完成了学业，他的老师中有小说家奥尔都斯·赫胥黎，他的同学中最有才华的大多升入剑桥或牛津，包括后来成为批评家的西里尔·康诺利。而布莱尔却志愿加入了英国的海外机构——驻缅甸警察部队，在那里生活了五年。

值得一提的是，康诺利后来所著的《现代主义代表作100种》，不仅收入了老师赫胥黎的《铬黄》和《美丽的新世界》，也把老同学奥威尔的《兽园》和《1984》列入其中。不难推测，奥威尔下决心去缅甸，除了想成为一名作家以外，还可能与那片土地是他母亲的故乡有关。用时下流行的一种说法，他多少怀有寻根的念头。由于孟加拉与缅甸相距并不遥远，他或许在幼年时代就随母亲去过那里，对此我们就无法考证了。

可是，布莱尔一点儿也不喜欢缅甸的生活，他尤其厌恶殖民地的那些英国同胞摆臭架子以及他们对待当地文化的冷漠态度。1927年岁末，布莱尔终于无法忍受下去了，他辞去公职，永远离开了缅甸。这里我想插一句：就在这一年六月，比奥威尔小一岁的智利诗人帕勃拉·聂鲁达离开了故乡瓦尔帕莱索，踏上了漫长而不可思议的旅途，他于次年春天抵达仰光，开始了在缅甸的外交官生涯。这两位年轻人虽然没有在东方相遇（即使遇见在语言上也难以沟通），后来却双双成为社会主义的拥戴者。

布莱尔返回英国以后，即尝试写作小说。为了收集素材并了解英国工人是否和缅甸人受同样的苦，他不定期地与流浪汉生活在一起。布莱尔在酬金极低的私立学校教过书，从而亲身体验了贫穷。稍后，他又流落到巴黎，在那里度过一年半的时光，洗盘子，住贫民窟，与乞丐为伍，这些经历帮助他写成了第一部作品《巴黎伦敦落魄记》（1933）。正是在这部处女作中,他首次使用了乔治·奥威尔这个笔名(Orwell 是东英吉利一条河流的名字)。具有讽刺意味的是,奥威尔在伦敦诺丁山的旧居,一幢整洁的白房子,如今已成为小资们朝圣的地方。

1935 年,奥威尔发表了自传体小说《缅甸岁月》,这本书具有反帝国主义倾向,因此常常被看做是社会主义的。次年,随着西班牙内战的爆发,奥威尔生命中的一个转折点来到了。他怀着一颗透明的心和满腔的热情,作为一名记者携同新婚妻子前往伊比利亚半岛采访,结果拿起了武器,升任少尉并挂了彩,在直布罗陀海峡对岸的摩洛哥疗养了一段时间,写成了《向卡泰隆尼亚致敬》。可是,当年这本书的销路并不好。

奥威尔:战时为 BBC 工作

今天,《向卡泰隆尼亚致敬》已被视为关于战争的经典著作,书中有对斯大林试图控制西班牙和整个国际左派力量的企图所进行的机敏驳斥。正是这段经历促使奥威尔从一个社会主义者转变成为反斯大林和极权主义的斗士,因为在反对佛朗哥的西班牙内战中,他看到了曾经是自己同盟军的苏联军队为了自身的利益毫不犹豫地调转了枪口。奥威尔受到的刺激一定是巨大的,后来,他相继写出了两部伟大的作品《兽园》和《1984》,对独裁统治尤其是当时的苏联政权进行了猛烈的抨击。

二

《兽园》嘲讽的对象是俄国革命,书中讲述了一群动物从它们的人类主子手中夺取政权的故事,最后好端端的革命被(斯大林主义的)猪所出卖。作者的预见性和独创性是明显的,因为该书写作期间,苏联和英国正并肩作战,而出版那年正是盟军取得第二次世界大战胜利的1945年。最近,这部小说的俄文译者玛莎·卡尔普回忆了她在上个世纪80年代的苏联第一次阅读时的情景:“我至今还觉得那像是在犯罪。奥威尔的作品在苏联是被禁的,别说在书店买这本书或者在图书馆借这本书,即使提到奥威尔的名字都是犯罪。当时流传着一本异议人士翻译的《兽园》,英文原版书也在地下流传。但你一定要包上一个封皮。即便如此,你也总是担心会被别人发现。”

在《1984》里,奥威尔就人类可能遭受的悲惨命运发出了警告,该书写的是到了1984年,世界上只剩下三个超级大国,主人公温斯顿·史密斯(与当时的英国首相丘吉尔同名)所在的国家在一个以“老大哥”为首的独裁制度统治下,人们的日常生活(从恋爱、写日记到思想活动)受到严密的管制和监视,最后人性泯灭、六亲不认,谎言被当做真理,自由被完全剥夺。

英国作家罗伯特·哈利斯评论说:“如果把《1984》只看成是反斯大林主义的作品那就错了,尽管它的主要讽刺对象的确是斯大林式的独裁统治。这部作品的真谛,以及它能够经受时间考验的精华之处就在于它所揭示的道理:如果你控制了语言,你就控制了人们的思想。”如此看来,这本书的价值在今天仍然存在,奥威尔以反对集权统治、呼吁个人权利而受到广大读者的欢迎,他无愧于被称为“一代人的良知”。

奥威尔之所以在年轻时成为狂热的社会主义鼓吹者,很大程度上与他的出身有关,“没落的中产阶级”,这是最容易产生叛逆人物的一类家庭。在早期作品《通往维根码头之路》中,他这样描述满脸煤污的矿工所面对的恶劣环境:“从各方面来说,这里都是我想象中的地狱。它汇集了地狱所需的各种丑恶与恐怖:闷热、混乱、黑暗、难闻的气味、刺耳的噪音,尤其令人无法忍受的是那狭小的空间。漆黑中只有汽灯和电筒的微弱亮光在一团团翻卷的煤烟中可怜地晃动。”

不仅如此,奥威尔本人就生活在贫困之中,他由于伤病和营养不良而身体羸弱,第一个妻子病故后他又再婚,可是两次婚姻均没有留下孩子。奥威尔后来领养了一个儿子,以他的父亲的名字理查德命名。或许,正是因为对饥寒交迫和下层社会的深切了解,才使奥威尔发明了“冷战”(cold war)和“老大哥”(Big Brother)这些字眼,它们后来成为世界性的通用词汇,必将载入史册。

奥威尔画像

不仅如此,《1984》还在很大程度上影响了英国公众对政府权力的态度。例如,“老大哥正在盯着你”这句话已经家喻户晓,它描写政府利用现代科技无时无刻不在监视着每个公民的行动。当然,这两本书并非为了证明革命是不可能的,而只是以讽刺的方式提出警告:如果为权力而追求权力是一种什么后果。正是这一点,使它们超越了政治而成为20世纪的经典文学作品。

与此同时,反对奥威尔的也大有人在,奥威尔主义(Orwellism)一词应运而生,专指为达到宣传目的而篡改并歪曲事实,只是,克格勃并没有像霍梅尼对《撒旦诗篇》的作者萨尔曼·拉什迪那样下达通缉令。不过,奥威尔从来都不是一位厌世的作家,他在《1984》中表现了这样一种思想,如果有情人能够维持相互间的信任,那么,即便在酷刑之下,能够被摧毁的也只是他们的肉体而已。正是这一点,使他的作品充满了人情味,从而有着顽强的生命力。

三

2003 年 6 月 24 日,正好是乔治·奥威尔诞辰 100 周年的头一天下午,俄罗斯总统普京乘坐的专机抵达了伦敦希思罗机场,会见了另一个布莱尔——英国首相。不可思议的是,普京居然是过去 130 年间首位访问英伦的俄罗斯首脑。不过,布莱尔和普京避而不谈乔治·奥威尔和他的那两部作品,甚至 BBC 和《泰晤士报》在发表奥威尔的纪念文章时也没有把普京的到访联系起来。

可是,事实却是无法回避的,就在三个月以前,比奥威尔刚好晚半个世纪出生的托尼·布莱尔与乔治·布什联手发动了伊拉克战争。这场战争把美英"新帝国主义"的面目暴露无遗,布莱尔的外交顾问罗伯特·库珀公然坦承:"这样的机会在 19 世纪也曾出现过,这可能又是开拓殖民地的一种需要。现在,一种崭新的帝国主义呼之欲出。"布莱尔本人也宣称,他们有权对某些主权国家采取任何军事行动,显而易见,他缺少奥威尔的同情心,他的政府如今深陷于一场假情报的政治危机。

另一方面,我也注意到,就在布莱尔和普京在唐宁街见面的同一天,印度总理瓦杰帕伊和中国国家主席胡锦涛在北京举行了会晤。伊拉克战争刚刚开始,在乔治·奥威尔的出生地,一部分人便开始担忧,他们会不会因为拥有核武器而成为下一个被打击的目标？大国之间的政治关系奥妙无穷，正是这一点在短时间内迅速拉近了疏远已久的中印关系，这大概也是奥威尔热衷于政治写作的一个原因吧（出于不同的政治目的，布莱尔最近又来到了北京）。

奥威尔的文字蕴涵着一种独特的幽默，例如，他通过描写癞蛤蟆的交配习性和廉价商店出售六便士玫瑰花的技能来嘲笑某些狂热的读者，其语言朴实、流畅、易懂而又准确，在严肃和随意、悠闲和激动等语体之间变化自如。正因为如此，连那些赞赏奥威尔直言不讳地批评共产主义的人士也相信，他的价值观曾经是并且依然是彻头彻尾的社会主义的。

已故的美国思想家约翰·罗尔斯在他的著作《正义论》中写道："正义是社会制度的首要价值，正如真理是思想的首要价值一样。"的确如此，最深刻的思想常常是为了解决最简单的难题，社会正义就是这样一个难题。罗尔斯认为，社会正义必须基于的两个原则之一是，每个人都享有和其他人同样的基本权利和自由。这个权利和自由首先应该包括对所处社会公共事件真相的知情权。

乔治·奥威尔最憎恨的现象是，政府对公民的严密监视和舆论的掌控。正如他的传记作家柯里克所指出的，"奥威尔认为，人们应当永远讲真话。检验一个政权的好坏就是看它是否讲真话。奥威尔总是拿出事实真相来揭露那些极权统治和独裁政府"。奥威尔本人也乐于承认，他是个痛恨"极权主义"，热爱"自由的社会主义"的"政治作家"；他一生的目的就是，"把政治写作变成一种艺术"。

奥威尔努力的目标不仅是他生活的年代所需要的，他留给后世的是一笔丰富多彩的精神遗产，作为一名反独裁统治、提倡实话实说的战士,他将永远活在热爱自由的人们心中。在这个意义上,奥威尔让我想起鲁迅,另一位出身在没落的中产阶级,热衷于表达社会正义的中国作家,最后也死于中年的肺结核。尽管两位作家所处的社会背景截然相反,但他们都明白正义代表了最大的个人利益,它给予公民以自由的身份、独立的地位和安全感。

在现代社会里,各个国家的公民逐步认识到了,每个人都应该享有普遍的公民权利和自由,这些权利和自由在任何情况下都不能被剥夺,也不能用来交换经济或其他利益。所不同的是,在艺术上鲁迅在中国文化界的地位也似乎至高无上,而比奥威尔出色的小说家和诗人却在英国无处不在,这或许是因为政治的影响力在中国无处不在(甚至影响到普通读者的审美情趣),或许说明了上个世纪中国作家整体上的薄弱(但愿不是)。

2003年7月,杭州

我们必须相亲相爱否则不如死亡

——纪念 W. H. 奥登诞辰 100 周年

奥登和艾略特是 20 世纪英语诗歌的两位巨人，可以说是大西洋两岸最负盛名的英语诗人。两人都是大学里的才子，除了写诗还都是文章高手，都出自各自国家的最高学府，艾略特就读于哈佛大学，奥登则毕业于牛津大学。有意思的是，奥登最初主修的是生物学，而艾略特一直主攻哲学。同样有趣的是，艾略特出生在美国，26 岁移居伦敦，

奥登与艾略特（中间：艾略特；右二：奥登）

并加入了英国籍;奥登出生在英国,32 岁移居纽约,并加入了美国籍。还有一个对诗人来说并不常见的事实是,艾略特在英国皈依了天主教,而奥登则在美国皈依了新教。

1907 年 1 月 21 日,奥登出生在英格兰中北部临海的约克郡,他的父亲祖上来自冰岛的一个医生世家,这恐怕是他终生对疾病和治疗感兴趣的主要原因。1936 年,奥登与同为牛津才子的刘易斯・麦克尼斯结伴去冰岛寻根旅行,他们合作写下了《冰岛书简》,这是一本令人愉快的游记。可就在奥登在冰岛逗留期间,西班牙内战爆发,他从那里直接去了伊比利亚,当起了救护车司机。虽然奥登并未亲自参战,但却写下了最优秀的战争诗《1937 年的西班牙》,诗中把军事冲突描绘成为在历史的倒退和正义的寻求之间的重大选择。

说到奥登的出生地约克郡,在面积仅有 13 万平方公里的英格兰(共有 44 个郡),它也只占了很少的一部分,大约相当于中国的一个县或几分之一个县。可是,出生在这个郡的文化名人却不少,包括写出了《简・爱》和《呼啸山庄》的小说家勃朗特姐妹,大雕塑家亨利・摩尔,大批评家燕卜逊。此外,还有著名的探险家库克上校,他是所有航海家中最有学问的,曾当选英国皇家学会会员。笛福小说中的主人公鲁滨逊也出身于约克郡的一户中产阶级人家,而继奥登之后执英国诗坛牛耳的特德・休斯则来自约克郡一座山谷小村。

说到奥登的战争诗,我们还必须提到他的十四行组诗《在战争时期》。从西班牙回来的第二年,即 1938 年,奥登便与伦敦预科学校时代的好友、小说家衣修伍德(也是他的同性恋情人)一同前往中国。结果是衣修伍德完成了一部诙谐的旅行日记,而奥登则写了一组严肃、睿智且雄心勃勃的战争诗。其中有一些自由联想的美妙句子让人过目不忘，例如：

> “丧失”是他们的影子和妻子，“焦虑”
> 像一个大饭店接待他们……

又如：

> 天空像高烧的前额在悸动，痛苦
> 是真实的……

这容易让人想起面对医生时病人的表情。奥登是一位语言大师，他用简练的口语创作，却能做到意味深长，且有许多感人的句子，如“我们必须相亲相爱否则不如死亡”。1985 年，我在查良铮翻译的《英国现代诗选》里首次读到奥登的诗歌，便留下难忘的记忆，其中过目难忘的还有下面两行朴实无华的句子：

> ……和那些头脑空旷得
> 像八月的学校的……

在去冰岛以前，奥登主要靠在中学教书维持生计，同时为电影公司工作，这使他有机会写作歌词和解说词。奥登是个热心肠的人，为了帮助德国作家托马斯·曼的女儿获得英国护照，他和她登记结婚，据说两人的第一次见面是在“成婚之日”。这则趣闻很久以后成为好莱坞的电影题材，片名叫《绿卡》(1990)，只不过主角不是一名男诗人，而是一名女植物学家，由法国影星杰拉德·德帕迪约和美国女星安迪·麦克道威尔联袂主演，最后的结局当然是弄假成真。奥登与电影的另一次结缘则是通过他的诗《葬礼蓝调》，影片的名字是《四次婚礼和一次葬礼》(1994)，主演则是英国影星·休·格兰特，据说这部电影的上演让奥登的诗集又一次走俏。

1930年，奥登在艾略特(此前他在替一家出版社审稿时拒绝了奥登的诗集)编辑的诗刊《标准》上开始发表诗作(1996年北京出版了同名刊物，可惜只出了一期便流产了)，他也成为英国“30年代诗人”中的领军人物，同时出道的还有麦克尼斯、刘易斯、斯彭德等牛津才子，被称为“牛津帮”(Oxford Group)或“奥登的一代”。30年代也是奥登的戏剧年代，这方面他力图向艾略特看齐，尤以与衣修伍德合作的三部诗剧引人瞩目。和他的诗歌一样，奥登的戏剧也表现出对当代社会和政治现实的浓厚兴趣。

1939年是奥登写作生涯的转折点，那一年他和衣修伍德携手去了美国，这一行动受到包括他的仰慕者在内的许多同胞的指责，因为他是以战争诗歌、谴责法西斯主义闻名的，却在英国反法西斯战争前夕离去。奥登本人早已厌倦并急于甩掉“左翼诗人”这顶帽子，但他内心未必能够心安理得，这或许是他不久便皈依宗教的一个动因。在生活上，奥登也发生了变故，先是遇到了年轻的美国诗人切斯特·卡尔曼，接着母亲去世。卡尔曼比奥登小14岁，他俩在纽约共同生活了二十多年，并一起为斯特拉文斯基的多部歌剧撰写脚本(衣修伍德则在加州与年轻的美国画家大卫·霍克内共谱恋曲)。

在皈依基督教的同时，奥登也成为克尔恺郭尔式的存在主义信徒。其结果是写出了一系列长诗，其中《双重人》(在英国出版时叫

《新年来信》)是一首散漫的哲理诗,探究了人类的境况,并给予基督教的回答。《暂时》是一首圣诞颂歌,表现了教徒和人文主义者的心理及所处的窘况。《海之镜》是对莎士比亚戏剧《暴风雨》的评论,其技巧之娴熟、理性之光芒无处不在,展示了奥登式的机智和才华。《焦虑的年代》(1947)则是他最后一部长诗,这是一首描述四个人的"巴罗克式的田园诗",让人想起他的大学时代,牛津才子们的风光。第二年他获得了美国诗歌的最高荣誉——普利策奖。

上个世纪五六十年代,奥登的诗歌创作进入了最后一个高峰,其中《阿基里斯之盾》(1955)被认为是奥登战后最为感人的诗集,并让他获得第二年的全国图书奖,此前他已把象征终生成就的波林根奖收入囊中,由此可见,美国诗歌界已完全接纳了这位移民诗人。可惜这部诗集和上面提到的那些作品一样,大多没被翻译成汉语。也是在1955年,奥登重返英伦,受聘担任他的母校牛津大学的诗学教授,为时五年,这对诗人来说当然十分难得。奥登不惜花费大量时间和精力来帮助那些有志于诗歌的学生(他在美国时也曾连续多年主持耶鲁大学的青年诗人丛书),并亲自撰写讲义。与此同时,他的诗歌创造力依然旺盛,一直到生命的最后阶段,仍源源不断地推出新诗集。

1965年,奥登和萨特、肖霍洛夫一起进入了诺贝尔文学奖的最后一轮竞争。与两位竞争者相比,奥登是那个世纪文学形式的创造者,他的散文写作也证实了自己非凡的敏锐和创新精神。奥登的不利因素是他在战后加入了美国籍,而加利福尼亚出生的小说家斯坦倍克两年前刚刚获奖。果然最后一刻,奥登因为"创作高峰期早已经过去"被排斥掉了。瑞典文学院也因此遭遇到尴尬,两个主要竞争对手的另一个——法国人萨特——获奖后拒绝受奖。次年，凭借着一部后来倍受争议的小说《静静的顿河》，俄国人肖洛霍夫也登上了飞往斯德哥尔摩的航班，奥登却从此失之交臂。

1973年秋天，奥登在维也纳的一次诗歌朗诵之后，因心脏病发作突然去世。所幸的是，奥登诗歌中的文雅、高贵、理性之光和爱的勇气使他立于不败之地。在不同的年代，奥登在中国都拥有一批推崇者，但他却是难以效仿的，原因在于他同时兼有理性之光和爱的勇气，这也是我们今天纪念他的缘由。

2007年5月，杭州西溪

闻所未闻的戈尔·维达尔

一

年逾八旬的旅美作家董鼎山先生最近在《环球时报》上撰文介绍了他个人最欣赏的美国作家戈尔·维达尔(Gore Vidal),由头是适逢维达尔的79岁生日(10月3日)。这位欧内斯特·海明威之后美国最桀骜不驯同时也是最具影响力的作家,如今侨居在意大利的阿玛尔菲。文中谈到不久以前有一天晚上,维达尔在纽约一家书店演讲,董先生慕名前往,虽然提前了一个多小时,但仍然找不到立足之地,最后只好抱憾而归。巧合的是,董先生写这篇文章的时候,我正好在柏林见到了维达尔,并作过一番交谈。

九月下旬,我应邀去德国参加第四届柏林国际文学节。上海小说家马原比我早到一天,由于他不讲外语,除了文学节事先安排好的朗诵和对话活动以外,专心于游玩,要不就是与客居柏林的前妻皮皮密会。我抵达的第二天,北京诗人西川也飞到,他见到我的第一句话是,这次有没有什么大人物?“没有”,我不假思索地回答,“去年他们还请来了君特·格拉斯,今年好像没有重量级的作家”,我接着补充道。

柏林文学节属于官方主办,每年受邀的作家将近150位,来自世界各地,报到以后也是住在东西柏林大大小小的旅店里。除了文学节指定的FRANZOTTI咖啡馆(那里每天从早到晚提供免费的食物、饮料、咖啡和酒精),以及间或举行的几次晚宴(大多是在东柏林,那里物价相对便宜)以外,平常作家们不大照面。每个人应尽的义务少之又少,加上以前我又专程到柏林游览过,因此有许多空闲。幸好文学节期间,受邀的作家可以到柏林任何一家博物馆免费参观,而包括出租车在内的市内交通费又可以实报实销。

有一天下午,在参观过犹太人博物馆(这座建筑物的内外造型比展出内容更让我感兴趣)和同性恋博物馆(那里恰逢举办法国社会历史学家米歇尔·福柯的生平事迹展览)以后,我来到Hamburger Bahnhof,直译是汉堡车站,其实是一家艺术馆。当代艺术最大的收藏家之一Friedrich Christian Flick倾其所有藏品,将硕大一个博物馆占得满满的。这次展览与柏林文学节同一天揭幕,历时四个多月,无论在时间上还是在影响力方面都要略胜一筹。

我在汉堡车站的一个站台(展厅)遇见雅娜小姐——文学节主席乌尔里希·施奈伯先生的助手,她指着与我擦肩而过的一辆轮椅上的背影说,那是戈尔·维达尔。我没有在意,只是觉得这个名字有些耳熟。后来,我在另一个站台与他们再次相遇,这回看见的是一个头发花白的老人,戴着墨镜,手持拐杖,虽身着便装,但气度不凡,且表情十分凝重。我依然没有上前问候。没想到三天以后,在柏林市政厅举行的欢迎午宴上,我又一次见到了戈尔·维达尔。

记得那天阴雨绵绵,赴宴的作家寥寥无几,倒是来了不少附庸风雅的女士和外交官。鸡尾酒会开始以后,我和美国诗人艾略特·温伯格在聊天,他与移居海外的朦胧诗人十分熟悉(北岛新近出版的散文集《失败之书》里第四篇《纽约骑士》讲的就是他),加上我们俩都翻译过拉美诗人的作品，因而有许多共同的话题。就在这个时候，加拿大作家兼爵士乐歌手玛莎·布鲁克斯（她是文学节邀请来的最受德国媒体追捧的客人）走过来问我有无兴趣认识戈尔·维达尔。如同玛莎后来亲口告诉维达尔的，她想认识他是因为他的名声实在太大了，而她拉上我是想有个伴。

我没有表示反对，尤其在问过艾略特和在场的另一位美国作家一个相同的问题之后。我的问题是，约翰·厄普代克和戈尔·维达尔哪个更重要？没想到他们的回答迅速而一致：当然是戈尔·维达尔重要。我以往对小说家关心不多，但我知道约翰·厄普代克（六年前我曾在美国见过他）的每一部作品都被译介到中国大陆了，特别是他的兔子四部曲很受欢迎，可是戈尔·维达尔的作品至今仍未与汉语读者见面。

当我在惊讶之余把现场进行的民意测验和答案告诉维达尔时，他笑了笑说，如果在雅虎上搜索他的名字，可以找到三十多万个条目。随后，维达尔把话题转向中国和孔子，他认为孔子是中国的耶稣，虽然孔子极少谈论神，却在道德方面和耶稣有着相似的影响力。维达尔还告诉我他的书籍明年就会在中国出版，可惜我忘了问出版社的名字。我后来亲自验证过，同时也搜索了约翰·厄普代克和诺曼·梅勒，他们的条目都只有维达尔的三分之二，尽管他移居欧洲已有几十个年头了。

二

戈尔·维达尔是一个多面手，他是小说家、剧作家、随笔作家、批评家、电影导演和演员。出身于纽约西点的军人之家，外祖父做过参议员，他本人既是前副总统戈尔的表哥，又是前总统肯尼迪夫人杰奎琳的义兄(他曾直言同时爱上希腊船王奥纳西斯的杰奎琳姐妹俩的关系是一种虐待与被虐待的关系)。可是骨子里维达尔却是个愤世嫉俗、玩世不恭的人,经常以文字挖苦社会,并以在电视访谈里机智嘲讽的言论著称,深受美国公众乃至欧洲公众的喜爱。

维达尔的原名叫尤金·路德·维达尔,外祖父托马斯·戈尔是俄克拉荷马州的民主党人,虽说与当时的总统弗兰克林·罗斯福是党内同僚,却对这位白宫主人充满敌意,结果是保留了尊严失去了参议员的职位。戈尔参议员从幼年时代起眼睛几乎就全瞎了,疾病毁了他一只眼,一场事故毁了他另一只眼。维达尔十岁时父母离异,他的继父后来又成为杰奎琳·肯尼迪的继父。维达尔从小就奉命给外公读各

青年时代的维达尔

种各样的书,这造成了他文字上的早熟。虽然他曾在奢侈的私立学校就读,但却没有上大学,他从军校毕业时遇上了二战,后来又长时期地在世界各地——欧洲、非洲和中美洲——漫游。

成年后的维达尔用外公的姓氏戈尔充当自己的笔名,同时也继承了他老人家叛逆的个性,成为学院派智慧和权威人物的鞭挞者。维达尔早年在阿留申群岛服役,这段经历为他的处女作《维利沃》(Williwaw)提供了素材,这部作品发表时他才19岁,里面却见不到他个人的成长史。小说以一场海上风暴为背景,讲述了两个海员为争夺一名妓女闹得不可开交。很显然,从一开始他就与麦尔维尔和海明威这些善长描写海上故事的经典作家分道扬镳。

让维达尔一举成名并树立起严肃作家形象的小说是1948年的《城市与盐柱》(*The City and the Pillar*)。这部小说讲述了两个青年男子相恋的故事,它的出版惊动了读书界。书中关于同性恋男子做爱的真实描写更令人震惊。他可说是这方面的先驱,比起"垮掉的一代"作家出道早了若干年,而今天的同性恋读者则把他奉若神明。说到这里,我觉得作为"同性恋之都"的柏林邀请他来做客非常合适,而用鸡尾酒会招待我们的市长先生的性取向也是人所共知的。

在一篇题为《粉红三角形与黄色星形》的文章里,维达尔批评纽约知识界对同性恋的歧视。而在另一篇名叫《女权主义与其不满分子》的杂文中,他又认为女权主义运动如果过分嚣张,结果必然会引起同情者反感。这个预言果然应验了。除此以外,维达尔还是马尔萨斯人口论的鼓吹者,以为世界人口过多,应该节制生育,并赞成同性恋也是节制生育的有效手段之一。

上个世纪50年代以来,维达尔在商业上十分成功,他为米高梅公司撰写剧本并曾亲自执导,收入相当可观,成为美国最富有的作家之一。同时他继续自己的严肃创作,曾替百老汇写过几个剧本,与剧作家田纳西·威廉斯过从甚密(他们曾携手畅游欧洲)。以《欲望号街车》首次获得普利策奖的威廉斯(和同名影片的男主角马龙·白兰度一样)是一个公开的同性恋。有一个流传甚广的笑话:有一次威廉斯被维达尔带到肯尼迪的庄园共进午餐(那时他还不是总统),他们一起去打鸟。当肯尼迪举枪射击的时候,威廉斯羡慕地对维达尔说:"瞧他的屁股。"维达尔回答说:"你不能觊觎我们未来总统的屁股。""它太漂亮了,美国人不应该选他做总统。"

与威廉斯一样,维达尔的性取向也是人所共知的,不过,他是一个阳刚和勇气十足的同性恋,同时与许多年轻美貌的女子有过一夜情。据说维达尔长达半个世纪的同性伴侣是一位叫霍华德·奥斯汀的犹太人(尽管如此,他对美国右翼政府对以色列的偏颇一直持批评态度),他的母亲戈尔小姐年轻时也是一位放浪不羁的美人,嗜酒成性甚至与一位黑人出租车司机有染,可是当她得知自己儿子的性取向时仍勃然大怒。没想到次日便收到儿子的一封信,信里说只要他活在世上就永远也不想再见到她。他果然说到做到了。

陪同维达尔前来柏林的是一位年轻英俊的意大利小伙子,一言不发,但始终守护在他的轮椅一侧,他的缄默让人无法开口与之交流。值得一提的是,20世纪美国文学史上有两起最著名的作家斗殴事件,一次是发生在海明威和大诗人华莱士·斯蒂文斯之间(1936年),另一次的主角便是诺曼·梅勒和戈尔·维达尔(1971年),起因于维达尔作品中的同性恋倾向和梅勒的大男子主义。当然,打架归打架,维达尔和梅勒依然是很好的朋友,他俩以及另一位尚且健在的参加过二战的名作家克特·冯内格(Kurt Vonnegut)被喻为美国文坛的三头巨狮,他们在蔑视权贵方面趣味相投。

三

近年来,维达尔更多地关注政治和战争,对美国政府的批评可谓直言不讳,他的访谈在以知识分子为主要观众的有线公共电视网里很受欢迎。不久以前,他在意大利的寓所里接受了瑞士一家周刊的采访,谈及他对美国政府、媒体及其他问题的看法。他认为,乔治.W·布什是美国历史上最愚蠢和最危险的总统,过去的政府虽然也有这两个特性,但是都没有达到现在这样的程度。在此以前,维达尔曾嘲笑西奥多·罗斯福是软绵绵的美国男人(有意思的是,总统夫人爱莲娜最喜爱的作家偏偏是维达尔,她在自己的专栏文章里对他赞赏有加),还揶揄罗纳德·里根始终不渝地"沉醉于防腐剂的艺术"(a triumph of the embalmer's art)。

维达尔同时谈到,美国媒体是受政府控制的,有线电视台(CNN)是白宫的一个论坛,《华盛顿邮报》和《纽约时报》都支持布什在伊拉克的政策。而NBC属于通用电器公司,这是一个向五角大楼提供核武器的公司,这就是为何它从不批评过美国发动的战争或侵略政策。他还分析,美国之所以经常卷入战争,是因为战争是赚钱的手段。他甚至把美国的现任政府比喻成为"切尼——布什石油煤气政治派系"。说起白宫,这个他外祖父不屑的地方,经常在维达尔的小说或随笔里出现。

在长篇小说《卡尔基》(*Kalki*,1978)里,维达尔让一个新的救世主传播瘟疫，结果把世界带到崩溃的边缘，唯有屈指可数的幸存者雀跃在空荡荡的白宫。他的政治三部曲《华盛顿特区》(1967)、《波尔》(1973)和《1876》(1976)从反对偶像崇拜的观点出发交代了过去两百年来美国的历史，同时把宪法制订者和其他一些人的阴暗面公诸于世。作者一方面对本性难移的争权夺利一笑了之，另一方面对清教徒式的虚伪和容易轻信的选民表示愤慨。9·11 事件发生以后，维达尔也表达了自己的声音，“几十年来美国传媒对穆斯林世界有一种挥之不去的刻薄诅咒”，言下之意，他认为是美国咎由自取。

维达尔自己辩解说：“我经常有这样的感觉，政治是我个人的事情，但是我从来没有感到自己是某个机构内部的人。我谈论政治是想澄清事实。”当记者问起面对这种形势是否还有希望时，维达尔回答：“实际上没有什么希望。唯一的希望是美国在破产中垮台。”他还预言了美国破产的时间。事实上，早在 1964 年，即嬉皮士、反战、女权运动盛行的年代(也是“选举年电影”的黄金时代，如同今年有《华氏911》)，由维达尔导演、亨利·方达主演的《华府风云》就把矛头指向美国的政治体制。

也正是从上个世纪 60 年代开始，维达尔有了从政的欲望和行动。他先是在纽约州以民主党自由派候选人身份竞选国会众议员未果(他的一个引人瞩目的姿态是要承认中华人民共和国)，70 年代他担任左倾的人民党两主席之一，进入 80 年代以后，他再度在民主党内组织起竞选班子，这回是在加利福尼亚州角逐美国参议员，结果在九位候选人中名列第二，而没有继承外祖父的职位。维达尔称自己是“胜利的失败者”，从此安心于写作，并间或出现在电视访谈节目里。可是，即便是在文学领域，维达尔也对美国深感失望。

在1970年出版的小说《姐妹俩》里，有许多令人赞叹的旁白，例如，美国“缺乏文明，为此亨利·詹姆斯被迫出走欧洲”，这大概是他本人移居意大利的主要缘由。这部小说的结尾是：“火，这就是世界的结局。”维达尔吸收的营养主要来自欧洲尤其是欧洲的古典文学，他不信任本国文学，“我一直认为，我国有名的小说家不过是些平庸的小说家”。他也没有放过美国的读者：“倘若我在美国还受到一些尊敬，那仅仅是由于我在公众场合不谈论文学。”

维达尔属于那种危险的动物：不仅善于主动出击，当他遭到攻击时，也很懂得捍卫自己。尽管如此，1993年，美国全国图书奖还是授给了戈尔·维达尔的随笔自选集《美利坚合众国》。这部著作收入了过去40年间维达尔写下的一百多篇随笔，包括美国政治、历史、文学的方方面面以及世界各国的文化，着重探讨了他本人与美国又爱又憎的相互关系，也有对他所熟悉的作家的批评，如司各特·菲茨杰拉德和田纳西·威廉斯，以及对同性性关系和法国小说的看法，其中相当一部分最初发表在《纽约时报书评》和《纽约书评》上，他本人是后一种期刊的主要作者。

四

1995年，随着戈尔·维达尔的回忆录《羊皮书》(*Palimpsest*)问世，他又一次引起公众的强烈关注，舆论公认为他是自马克·吐温以来美国最有才华的文学家，美国编年史将增添一个生动有趣的人物，他的多彩多姿的生活代表了那个时代的民族精神。维达尔的讽刺小说为美国文学填补了斯威夫特式的空白，虽然他的公众声望得益于戏剧和电影剧本的写作，但他的随笔和批评将为他在美国文学和政治史上占据一个永久的地位。甚至连维达尔鞭笞过的《纽约时报》也不得不承认："自本杰明·富兰克林以来，还没有一位本土作家能够像戈尔·维达尔那样娴熟同时持之以恒地挖苦和嘲讽美国。"

批评家哈罗德·布鲁姆在《纽约书评》杂志上发表评论说："维达尔在叙事方面的成就被学院派批评家严重忽视了，这方面的不公正大致抵消了他在随笔里对他们的攻击。"的确如此，维达尔作为公众人物的名望，以及非虚构文学领域的巨大成就掩盖了他的小说才华。这无疑也是维达尔本人的一块心病。在我看来，他最后会成为美国20世纪的一位大作家，还是美国历史上的一位大作家，关键取决于他小说地位的高下。

在新千年到来之际，纽约的兰登书屋推出了一部厚达一千两百多页的维达尔作品选集《必不可少的戈尔·维达尔》(*The Essential Gore Vidal*)，这部巨著选取了维达尔历年来发表的各类文体的精粹，包括成名作《城市与盐柱》。可是，要从一个出版了24部长篇小说、六部戏剧和数以百计的随笔、电视和电影剧本、短篇小说的作家那里遴选文字，实在不是一件轻松的事，尤其因为维达尔拥有如此众多忠实的读者。事实上，仅仅以随笔为例，他涉及的主题之广就包括文学、各种各样的人物或公众话题。

去年秋天去世的巴勒斯坦裔美国学者爱德华·萨义德也是维达尔的拥戴者，事实上，维达尔是他最心仪的两位知识分子之一(另一位是语言学家、哲学家乔姆斯基)。萨义德认为，他们俩的共同特征在于"全身心地投注于批评意识，不愿接受简单的处方、现成的陈词滥调，或迎合讨好、与人方便地肯定权势者或传统者的说法或做法"；

“这些特立独行者充满抗拒意识，不屈服于任何集体激情的组织，以个体的声音取代群体的话语”。或许，正是因为有了维达尔这样无所畏惧的批评者，美国才变得稍许可爱一点。

综观维达尔的整个写作生涯，他一直拒不接受homosexual writer（以同行恋为写作题材的作家）这个标签，1981年，他在一篇题为《粉色三角形和黄色星形》的随笔中写道：“美国人是如此热衷于归类，已经到了要创造不存在的范畴的时候了。”“并不是每个人都是非此即彼的，因为有的人是各种倾向的混合体，范畴会不断瓦解，随之会被荒谬接管。”这类别出心裁的观点有时也会引起非议，例如，他曾建议，“要在短时期内比较有效地减少毒品，最简单的方法是让它的销售合法化”。

自从上个世纪60年代以来，维达尔大部分时间居住在意大利，他仪表堂堂，曾在费里尼的电影《罗马》里扮演他自己，也为好莱坞主演

维达尔在地中海边濒临悬崖的豪华别墅

过一部叫《鲍勃·罗伯茨》的故事片，与意大利作家伊塔罗·卡尔维诺结下友谊并帮助后者出了名。维达尔在那波利东南阿玛尔菲的地中海边拥有一座濒临悬崖的豪华别墅，那里有着世界上最迷人的海岸线。间或他会携同奥斯汀到世界各地旅行。今年，维达尔开始挂牌出售自己的别墅，他告诉人们，自己已经无法从那里走到皮萨饼店了，他会把更多的时间留给罗马。

如同一位英国批评家所指出的："维达尔像一只温文尔雅的食肉鸟，盘旋于落败社会的上空，那种遗憾、宽慰和愤怒的完美结合是他个人的独特风格。"用《最后的知识分子》一书的作者拉塞尔·雅各比的话来说，这是一个"不对任何人负责的坚定独立的灵魂"。有感于维达尔的尖锐和辛辣，以及散文创作的成就，我在告别之际问他是否也写诗，他回答说那是很久以前的事情。我随即和他开了一个玩笑，"看来我是比你更优秀的诗人"，这回我终于看见维达尔露出了憨厚的笑容。

2004年11月，杭州

斯蒂文斯和无所不在的混沌

而相互关系在显现，
像沙滩上的云影，
像远山边的地形，
小小的关系在展开。
——《混沌鉴赏家》

上面这首诗的作者——美国诗人华莱士·斯蒂文斯逝世于1955年，享年76岁。这位毕生忠于职守的开业律师，一直担任康涅狄格州哈特福德市一家保险公司的副董事长，在他生命的最后几年里，才接连获得美国三种主要诗歌奖：波林根奖（1950），全国图书奖（1951，1955）和普利策奖（1955）。而在他死后，其声望越来越高，被誉为“诗人的诗人”，“批评家的诗人”，并最终与艾兹拉·庞德、T.S·艾略特并驾齐驱，成为美国现代最重要的诗人。更有意思的是，他生前密切关注过的“混沌”研究的进展也成了20世纪后半叶数理科学方面所取得的最引人注目的成就之一。

什么是混沌（Chaos）呢？它既不是通常意义上的无知无识，也不是古人想象中的世界开辟前的状态，而是举世瞩目的一门新科学。其涵盖面广及自然科学与社会科学的几乎所有分支。混沌揭示了有序

斯蒂文斯

和无序的统一,确定性与随机性的统一。仅仅就物理学而言,它已成为继相对论、量子力学之后本世纪这个领域的第三次大革命。正如一位物理学家所说的:"相对论排除了对绝对空间和时间的牛顿幻觉,量子力学排除了对可控测量过程的牛顿迷梦,混沌则排除了拉普拉斯决定论中的可预见性。"

混沌开始之初,经典科学就终止了。现在这门科学正举目四望,看来混沌无所不在。上升的香烟柱破碎成缭乱的旋涡,旗帜在风中前后飘拂,龙头滴水从稳定样式变成随机样式。混沌出现在大气和海洋的湍流中,出现在飞机的飞翔中,出现在高速公路上阻塞的汽车群体中,出现在野生动物种群数的涨落,心脏和大脑的振动以及地下管道的油流中。经济学家发掘出陈旧的股票价格数据,用混沌的方式加以分析。混沌直接介入了对诸如云彩的形状、闪电的踪迹、微血管的缠结、星体形成银河星团的过程等等的再认识。混沌不仅改变了天文学家看待太阳系的方式,而且开始改变企业家做出保险决策的方式,改变政治家谈论紧张局势导致武装冲突的方式,等等。下面,我想就气象学、数学和物理学方面的三个问题加以阐释。

蝴蝶效应 牛顿物理学告诉我们,当你试图解释地球表面一张台桌上一个球的运动时,完全不必要考虑另一个星系里某颗行星上一片树叶的飘落。因为,极小的影响是可以忽略的。因此,当物理学家们看到复杂的结果时,他们就去寻找复杂的原因。但是60年代以来,现代混沌的研究表明,小小的误差可能引起灾难性的后果,这种现象被称为"对初始条件的敏感性依赖"。在气象学中,这就成了人们半开玩笑说的"蝴蝶效应"——今天在北京有一只蝴蝶扇动翅膀,可能引发下个月纽约的一场风暴。事实上,蝴蝶效应并不是什么全新的概念。一首民谣早就唱过:

钉子缺,蹄铁卸;
蹄铁卸,战马蹶;
战马蹶,骑士绝;
骑士绝,战事折;
战事折,国家灭。

《韩非子·喻老》中也说:"千丈之堤,以蝼蚁之穴溃;百尺之室,以突隙之烟焚。"在科学中,也如同日常生活一样,一连串事件往往具有一个临界点,那里小小的变化也会放大。然而,混沌却意味着这种临界点比比皆是。它们无孔不入,无时不在。例如在天气预报中,虽然人们使用了飞机、卫星、海洋船只和超级计算机,但世界上最好的多于两天的预报也只是推测而已,超过六天或七天的预报毫无价值,原因就在蝴蝶效应。

自相似性 混沌在数学方面最主要的工作是建立了分形几何学,经典几何学的研究对象是线和面,圆和球,三角形和锥。它们代表着对现实的有力抽象,启示了柏拉图式和谐的强大哲学。欧几里德借助它们建立了持续二千多年的几何学,至今仍然是绝大多数人学习过的唯一的几何学。艺术家在其中发现了理想的美,天文学家用以构造出宇宙理论。但对于认识复杂性,它们原是一种错误的抽象。数学家曼德勃罗提出了这样一个问题:"英国的海岸线到底有多长?"他查阅了西班牙和葡萄牙,比利时和荷兰的百科全书,发现这些国家对于它们共同边界的估计相差百分之二十。事实上,无论是海岸线还是国境线,长度都依赖于用来测量的尺度的大小。一位试图从人造卫星上估计海岸线长度的观察者,比海湾和海滩上的踏勘者,将得出较小的数值。而后者比起爬过每一粒卵石的蜗牛来,又会得出较小的结果。常识告诉我们,虽然这些估值一个比一个大,可是它们会趋近某个特定的值,即海岸线的真正长度。但曼德勃罗却证明了,任何海岸线在一定意义上都是无限长的,因为海湾和半岛显露出越来越小的子海湾和子半岛。这就是所谓的自相似性,它是一种特殊的跨越不同尺度的对称性,它意味着递归,图案之中套着图案。这个概念在西方文化中显得古色古香,莱布尼兹设想过一滴水中包含着整个多彩的宇宙、布莱克写道:一颗砂里看出一个世界/一朵野花里有一个天堂。斯威夫特诗云：

> 于是博物学家看到跳蚤，
> 又有小跳蚤在上面跳，
> 它们又挨小蚤咬，
> 这样下去没个了。

最重要是曼德勃罗通过自相似性建立起新的几何学——分形几何学，这是有关斑痕、麻点、破碎、扭曲、缠绕、纠结的几何学，它的维数居然可以不是整数。分形几何学很快成为物理学家、化学家、地震学家、冶金学家、生理学家和概率论专家的有力工具。就美学价值而言，新的几何学把硬科学也调谐到那种特别的现代感，即追求野性的、未开化、未驯养的天然情趣，这与后现代艺术家所致力的目标不谋而合。在曼德勃罗这样的科学家看来，令人满足的艺术没有特定的尺度，或者说它包含了一切尺寸的要素。作为方块摩天大楼的对立面，他指出巴黎的艺术宫殿，它的群雕和怪兽，突角和侧柱，布满旋涡花纹的拱壁和配有檐沟齿饰的飞檐，观察者从任何距离望去都能看到某种赏心悦目的细节。当你走近时，它的构造出现变化，展现出新的结构元素。

湍流　湍流是历史悠久的问题，许多伟大的物理学家都正式或非正式地思考过。平滑的流体（液体或气体）碎裂成螺旋和涡流，这就是湍流。虽然有些时候，湍流的出现是有益的，例如在喷气式发动机里，混合越快燃烧越有效，但是在大多数情况下，湍流给我们带来灾难。机翼上的空气湍流消灭浮力，输油管中的湍流造成重重阻力，心血管系统的湍流导致心肌梗塞。确切地说,湍流是各种尺度上的一堆无序,大涡流中套着小涡流。然而,流动是怎样从平滑变为湍急的呢?像沸水一样,这里有个临界点,或湍流起点,越过这个起点以后,小扰动会灾难性地增大。这个起点,就成了科学的不解之谜。据说物理学家海森堡临终时宣布,他要带着两个问题去见上帝:相对论和湍流。他说:"我相信上帝也只能回答第一个问题。"另一方面,早在1963年,披着气象学家外衣的数学家洛伦兹就发现了所谓的"奇异吸引子",使这个问题的解决出现了一线希望,奇异吸引子是平面或空间中的无数多个点的集合,这个点对应于一个系统的无序状态。进一步的研究表明,湍流的产生可能很好地对应于奇异吸引子的出现。虽然奇异吸引子的数学理论十分困难,但它的艺术感染力是惊人的,它的几何图像非常漂亮,以至于经常被出版商们用来印制挂历。1978年,物理学家费根鲍姆模拟了湍流发生机制,建立了著名的普适性理论,从而使混沌科学确立起自己坚固的地位。他的发现表明,事物整体具有与某一部分相类似的结构,这类结果不仅有定性意义,而且有定量价值。这无疑是混沌研究的一项重大进展,并得到了一些实验家的证实。

以上我们通过三个例子介绍了湍流,但远远不足以反映这门科学的全貌。如今全世界有成千上万位科学家,从事不同类型的混沌研究。这与相对论和量子力学仅仅由一个或少数几位物理学家创立的情况大不相同。目前,混沌已成为一场迅速发展的运动的简称,而这个运动正在改变着整个科学大厦的结构。到处都有混沌会议和混沌刊物,混沌打破了各门科学的界限,由于它是关于系统的整个性质的科学,它把人们从相距甚远的不同领域带到了一起,所以有人认为,正当科学陷入专业化越来越细的危机之时，混沌的出现使这一过程戏剧性地倒了过来。混沌适用于我们看得见摸得着的世界，适用于和人自己同一尺度的对象，日常经验和真实世界的图像成为合情合理的探究目标。长期以来人们就有一种感觉，只是没有公开表露，即理论物理学（虽然频频获得诺贝尔奖）已经远远偏离了人类对世界的直觉，谁也不知道，这是富有成果的异端，还是直截了当的邪说。于是，一些认为物理学正走进死胡同的人，把混沌看成一条可能的出路。正如《纽约时报》科学记者詹姆斯·格莱克指出的："到了20世纪末，文化改变了，科学也随之而变。"

现在，让我们回过头来谈谈斯蒂文斯。一般认为，他的诗歌接近于纯粹艺术，富于形而上的思考。事实上，他的诗歌的主要主题是探讨艺术和自然的关系，即用抽象的意念和具体的事物相并列。对他来说，最重要的是向大千世界的繁复经验开放自己的感官，主动体验人生和自然的种种微妙经历。与物理学家们一样，诗人们为了表现复杂的人类社会，不得不选择了复杂的方式。于是，艾略特写下了《荒原》，庞德写下了《诗章》，威廉斯写下了《佩特森》，而斯蒂文斯则反其道而行之，他的名诗《坛子的逸事》、《观察黑鸟的十三种方式》篇幅虽短，却蕴涵着无穷的想象力和必要的张力，把读者吸引住。对斯蒂文斯这样的艺术家来说，很可能是童年的一段经历或少年时代的一场恋爱决定了一生致力于某一项神圣的事业，这也许是精神世界的"蝴蝶效应"。与此同时，诗人必定发现了物理世界与抽象的意念之间的"类相似性"。在他眼里，"词句就是思想"，它们的奇妙组合会产生湍流一样的效果，激荡在读者的脑海里。

早在20世纪30年代，斯蒂文斯就感受过走在物理知识前面的世

斯蒂文斯长椅,上面刻着《坛子的逸事》,田纳西

界,例如,他对于流有一种神奇的怀疑,很好奇于它是如何一面变化一面又自我重复:

> 鳞光闪闪的小河流啊流,
> 从来没有两回同样地流;
> 它流过了这么多的地方,
> 却像是站在那里没有流。

迄今为止,这是人们对于物理学家关于流的工作的最佳描述。斯蒂文斯的诗篇经常透露出在空气和水中所能看到的喧嚣,它还传递着一种信念,即自然界中的有序具备看不见的形式:

> 在没有阴影的大气里,

对事物的知识就在近旁，
却又无法感知。

的确，在这方面似乎还没有人比他做得更好。1990年，美国最负盛名的诗歌批评家哈罗德·布鲁姆特意从斯蒂文斯的诗歌中编选出一本《我们气候的诗》。与费根鲍姆的理论“事物整体具有与某一部分相类似的结构”相应，斯蒂文斯表达得更为直接：“我是我周围的世界”（《原理》），“我是自己在其中行走的世界”（《在红宫喝茶》），“没有事物能依靠自身存在”（《最美的片断》）。也正是这种简单陈述性和极富暗示性的文风的混合所产生的奇特的艰涩，使得诗人的声誉姗姗来迟。而现在他的影响力几乎像混沌一样无处不在，记得在中国南方的一座城市，一个寒冷的冬日夜晚，一次小型的诗人聚会，游戏似地诗人们被要求写下自己最钟爱的20世纪诗人的名字，惟有斯蒂文斯获得了两票。

1991年9月，杭州

轻轻掐了她儿下

只是轻轻掐了她几下

——弗里达的画

“随着时间的推移，弗里达·卡洛将是有史以来最伟大的女画家。”新千年的第一个夏天，我在参加麦德林诗歌节期间接受《哥伦比亚人》报记者采访时，不仅斗胆作了上述断言，还把她和仍然在世的哥伦比亚画家费尔南多·波丹罗并称为“拉美双绝”①。后者在中国鲜为人知，可是每次艺术家从客居的米兰、巴黎或纽约返回祖国，哥伦比亚总统都要陪他从首都波哥大来到他的出生地麦德林。那会儿弗里达（正如古巴人习惯以菲德尔称呼卡斯特罗一样，墨西哥人习惯以弗里达称呼卡洛）在中国的知名度也只限于画家和诗人的小圈子里，直到去年五月的威尼斯电影节，有一部叫《弗里达》的好莱坞故事片在开幕式上放映，这个名字才突然蹿红。以至于随后不久，就有一部由美国人撰写的弗里达传记被译成中文在上海出版。

早在1994年夏天，我就在20世纪艺术最大的收藏馆——纽约现代艺术馆（MOMA）里看到过弗里达的自画像。一般来说，我每次参观一家美术馆总是满足于发现一个画家，我会在他或她的作品前久久徘徊，而不去理会别的画家。这就像每次参加舞会，我总是希望遇着一位称心的舞伴并和她一直跳下去一样。那次的发现便是弗里达·卡

---

① 《数字和玫瑰》，三联书店，2003年1月，第340页。

洛。很快我就注意到,MOMA 当年印制的宣传小册子上共出现了 15 幅图片,包括绘画、雕塑、摄影和装置作品在内。这 15 幅作品中,美国本土艺术家占了 9 幅,欧洲画家有 6 幅,分别是凡·高的《星夜》、马格里特的《错误的镜子》、毕加索的《镜前的少女》、土鲁兹·劳特累克的《地上的小丑》和马蒂斯的《舞蹈》(第一版),还有一幅即是弗里达的《短头发的自画像》(1940),而她当然也是其中唯一的女性。

弗里达·卡洛(Frida Kahlo,1908—1954)是一个有着橄榄色的肌肤,鹿一样的眼睛,轻灵优美的身体和喜欢穿奇装异服的墨西哥女人,她的生命开始和结束在同一个地方,即墨西哥城西南郊一个叫科伊奥坎的街区中一幢蓝色的泥灰平房,如今它是弗里达·卡洛博物馆。弗里达的祖父母是来自匈牙利阿拉德市(今属罗马尼亚)的犹太人,后来移民到德意志的巴登地区,她的父亲威廉(一个典型的德国名字)就是在那里出生的。威廉患有癫痫病,19 岁那年,他的母亲去世,父亲娶了一个他不喜欢的女人,他于是身无分文前往墨西哥,从此再也没有回到故乡。起初,威廉在玻璃店和珠宝店里干活,弗里达的母亲是他的续弦,她是有着西班牙和印第安血统的小美人。因为弗里达的外公从事照相业,威廉就跟着学起了摄影,后来他成为墨西哥有名的古建筑摄影师。

作为混杂了犹太、印第安、西班牙、德意志等多种血统或文化的家庭中的一员,弗里达从小就显露出一种不同寻常的个性。她在幼儿园里就劣迹斑斑。有一次因为尿裤子,阿姨把邻居家的女孩的裤子换到了她身上,这让她很不高兴,以至于后来找机会扼住女孩的脖子,直到被一个过路的面包师所救。还有一次,她把坐在便壶上的一个同父异母的姐姐推倒,结果她的姐姐和便壶一起倒翻在地。弗里达 6 岁患了少儿麻痹症，在床上躺了9个月，从此右腿弯曲。7岁那年，她怂恿并协助另一个15岁的姐姐与情人私奔，12年以后，她的这个姐姐才被母亲原谅。此外，她还参加足球、拳击、角斗等项运动，并获得过游泳冠军。

可是祸不单行，18岁那年一场严重的车祸（铁条从身体的一侧刺入并从另一侧穿出）使弗里达致残，她一生动了三十多次外科手术，最后截掉了一条腿。几乎是偶然的，弗里达康复期间以画画作为消遣，没想到这赋予了她真正的生命，就像亨利·马蒂斯在一次阑尾炎手术以后开始涂鸦一样。弗里达似乎从来没有真正掌握"经典"的绘画技巧，所以她在摈弃传统时更为彻底和自由。她的聪慧引导她采用纯朴的民间风格，这刚好可以掩饰其绘画经验的缺乏，后来这种原始风格，如同墨西哥鲜艳的色彩一样，成了她个性化的选择和特征。弗里达能抓住人们欲望得不到满足的饥渴，她喝起龙舌兰酒来像流浪乐手那样豪爽，她对生活讥讽的、欢闹的和黑色的幽默，越来越受当今世界上年轻人的喜爱和同行的推崇。

拉丁美洲人比较擅长于制作和传达肉体或情感折磨的孤独和痛苦的音乐和舞蹈，我认为这是拉丁音乐和舞蹈风靡世界的主要原因，也是"文学大爆炸"在那个神奇的大陆产生的基本前提。《我只是轻轻地掐了她几下》（1935）展现了一个血淋淋的杀人场景，这幅画取材于一则新闻报道：一个喝醉酒的男人将其女友扔在床上并刺了数十刀，后来在法庭上他为自己作了轻描淡写的辩护。可是，弗里达创作这幅画的真实动机却是，她发现了丈夫迪戈·里维拉与她妹妹的私情，有苦难言，只好用这种方式排解内心的痛苦，将其投射到另一个女人的灾难上。里维拉是世界驰名的壁画家，在墨西哥的地位无人可比，他还担任过墨西哥共产党的总书记（弗里达也一度加入了共产党），最后召开会议把自己给开除了。这个例子告诉我们，弗里达画画出于本能的需要。

作为一个女人，尤其是身体残疾性早熟的女人，弗里达对生育有着特别的迷恋，可她却不幸地一次次流产。在完成于美国汽车工业中心底特律的画作《我的出生》（1932）中，弗里达想象了自己出生时的场景。一条床单遮盖了女人的头和胸部，后面的墙壁上挂了一幅悲哀的圣母玛利亚像。婴儿硕大的头颅出现在母亲张开的双腿之间，从布满鲜血的下沉的头以及瘦骨如柴的颈项可以判断，这是一个死婴。而从浓黑而连成一线的眉毛可以看出，这个婴孩就是画家本人。有意思的是，弗里达借助《我的出生》这一幅作品，既描绘了自己的出生，也暗示了自己夭折的孩子，我们甚至可以推测，这是弗里达在自己生产自己。

然而，弗里达最令人瞩目的作品是她的一系列自画像，在这些创作于不同年代，有着不同装饰物、背景和标题的自画像中，贯穿着一种痛苦和意志，一种特殊的坚韧，给人以钢铁般的力量感。最令我难忘的是那幅《破裂的脊柱》（可惜未被传记收入），作于1944年的一次手术之后。画中弗里达的身体插入了许多钉子，开裂的胸口由钢质矫形胸衣固定在一起，裸露优美的乳房，臀部被一块裹尸布一样的白布包着。显而易见，画家运用肉体的痛苦、裸露和性来深切地表达精神上的折磨，但却没有丝毫的自我怜悯或感情脆弱，相反，她的眉宇之间透露出一种超脱于人间苦乐的气度和女皇般的高傲。据说，弗里达的有些作品是住院期间画的，每逢友人来看望，她总是谈笑风生，并不时评头论足，对现实发表刻薄的批评和富有智慧的见解。

20世纪以来，艺术家们拙于发现，纷纷在历史和虚构中寻觅灵感，弗里达却敢于把自己的生命揭露在世人面前，“我要创作一系列作品来记录自己每一年的生活场景”,她做到了并取得了意想不到的效果。虽然她不愿承认,但无可否认,她的创作蕴涵着超现实主义艺术的诸多因素,至少获得了这场运动的领袖安德烈·布勒东的赏识,这位法国诗人亲自撰文激赏她的作品《水之赋予我》(1938)。不过,在我看来,弗里达画中那些爬满昆虫的热带植物叶子更接近于幻想画家亨利·卢梭。对下意识的探索也许能使欧洲的艺术家从理性世界的呆板中解脱出来,然而,在墨西哥这个现实和梦想混杂在一起的国度,奇迹就像日常生活一样层出不穷。

爱情的炽热和失意一直是弗里达创作的主要动力,她频频寻找外遇的刺激同时又有限制地容忍或宽恕丈夫的风流韵事,或许,这是一对艺术家夫妇保持新鲜感和创造力的必要途径,嫉妒、愤恨、爱意或杀气均是催生激情的重要手段。对我来说,仅仅弗里达的作品本身就足以让人过目难忘。最初我对她的私生活毫无所知,几年以后才在一次旅行中从一位成都女诗人口中了解点滴,直到这部传记的出笼。有时候,我们不得不承认,一个艺术家(尤其是女艺术家)的声望搀杂了许多非艺术的因素,但它们的确也是艺术(尤其是现代艺术)的组成部分(即便不是主要的组成部分),这正是艺术家与学者、科学家的区别所在。

墨西哥是面积最大人口最多的西班牙语国家,有着表面长满黄刺的青钢色龙舌兰的无边原野。高原、沙漠、海洋和火山造就了特殊的地理环境,玛雅文明和阿兹特克文明失落在人们心中,每个人都是音乐家和舞蹈家,每个人都有享受夜生活的愿望和空闲。不仅妇女们服饰艳丽,甚至公共汽车和出租车上也涂满了五颜六色的图案。我本人虽然只在这个国家逗留过一个晚上,可是已经深切地感受到她的活力。不过，最深刻的印象却是在加勒比海的哈瓦那获得的，几位到古巴旅行的墨西哥姑娘和我下榻在同一个饭店，我每天在大堂里遇见她们，载歌载舞直到深夜，即使在餐厅用餐，也要自娱自乐一番，这是墨西哥人的旅行方式，风景对她们来说一点也不重要，她们彩色的身体就是移动的风景。

“如果我有翅膀，还要腿做什么?”这是弗里达生命的最后一年，她的右腿被截肢后在一幅画上的题词。她在住院期间，依然坚持画画，或者在日记本里勾勒草图，其中有一幅《毒药的色彩》也许是最令她心痛的。画中弗里达在昏黄的月色下哭泣，她躺着的身体融化在大地中，变成一张树根网络。太阳在地表下面，天空中一只脱离身体的小脚边上写着这样一句话：“一切向后转，太阳和月亮，脚和弗里达。”毫无疑问，弗里达是一个诗人，她把她的奇思妙想用在构图上。画画、写日记或服用麻醉药减缓了她的痛苦，尽管如此，在她生命的最后时刻，仍然时常因为精神失控而歇斯底里。

我相信，无论是电影的拍摄还是传记的出版都是冲着弗里达一生的传奇经历，尤其是作为一个多灾多难的艳丽的女艺人的传奇经历，而不是从她作为艺术家的地位本身。中文版传记甚至在勒口文字上以一种盗版三级碟片广告词的口吻介绍了弗里达的爱情和她那“地地道道的花花公子”丈夫迪戈。弗里达和前苏联政客托洛斯基的墨西哥式的浪漫也被肆意渲染了一翻，那可能只是她对丈夫与妹妹偷情的一种下意识的报复，因为托洛斯基当时是迪戈的政治偶像。其实，托洛斯基只是历史上的一个匆匆过客，而弗里达的艺术却是永恒的，大可不必用这个糟老头来衬托。作者和编者之所以在这方面如此用心，无疑是出于对我们这个时代和读者的一种无奈的妥协。

弗里达大概是人们现在经常所说的"坏女孩艺术家"的典型,她不仅性早熟,滥交朋友,体验同性恋,甚至懂得利用性来为自己捞得好处。与此同时,对弗里达来说,性也是一种享受生活的方式,一种充满活力的刺激。正因为"坏女孩"的名声,以及可怕的病痛,使得原本坚决反对的父母最后同意她嫁给那位年长她二十多岁,既丑陋又肥胖且离过两次婚的迪戈,他最主要的吸引力无疑是名望,而他们两个(一头大象和一只小鸽子)也的确是天作之合。可是,一旦性成为艺术的表现手段之后,一切又变得严肃起来,就像摄影家芭芭拉·古格所说的:"你的身体是一个战场。"(Your body is a battleground)弗里达的后期作品大多描绘一些凄凉可怕的梦境,它们是她内心孤寂的外在表露,这些梦境反复出现,直到耗尽她的意志和生命。

如同克莱夫·贝尔所发现的,很少有伟大的艺术家过多地依赖于模特儿。对弗里达来说,她几乎不需要任何值得借鉴的参照物。每画完一幅自画像,都距离她的目标——完全表现——接近一步。实际上,弗里达很可能把自己不同时期不同穿戴的身体当做不同地点不同季节的风景。对于保罗·塞尚那样的先驱人物和风景大师来说,凭一个人的力量就能够激发一个时代,而对于弗里达这样的后来者,所有的付出只不过是为了拯救一个灵魂。虽然,每一代人的感性均可能产生新的形式和新的艺术,但不是所有的时代和所有的民族都能找到这样的承载者。弗里达无疑是一个幸运儿,墨西哥丰富的历史文化和艳丽无比的色彩成就了她。"只是轻轻地掐了她几下",或许,这是上帝对她的栽培和赏赐。

2004年1月

赵无极:朝向天空和云雾的心灵

一

“我一生致力于绘画,我心中的绘画。”“我每天黎明即起,进入画室。”这是法籍华裔画家赵无极先生(Zao Wou-Ki)在他与第三任妻子弗朗索瓦兹·马尔凯合著的自传开头写下的一句话,那年他已经快80岁了。据我所知,赵无极是第一个依靠创作在法国居留下来的中国画家,其他在西方学习油画的同辈同行要么放弃了艺术,要么回到了中国(其中一部分改画国画),只有他和比他稍晚去巴黎的朱德群例外。在赵无极27岁那年离开杭州赴巴黎前夕,他的老师、时任杭州美术专科学校校长的画家林风眠先生曾经警告他,不要对在世界艺术之都——巴黎立足抱任何幻想。

第一次见到赵无极这个名字和他的油画是在上个世纪80年代,我是在H. H.阿纳森博士所著的《西方现代艺术史》这本书里看到的。此书原来的名字叫《现代艺术史》,由于书中没有提及东方艺术,译成中义后被出版社改了名字。在这本书的第23章《二丨世纪中叶以来的艺术》里有一节叫“抽象绘画”,其中谈到了巴黎画派,涉及的画家大约有20位,他们中有的来自俄国、荷兰、比利时、德国、瑞士、葡萄牙、加拿大,赵无极是唯一的一个东方人。这批画家为经历了二战以后变得萧条的巴黎艺术圈注入了新鲜的血液。

阿纳森用两百来个字的笔墨外加彩色和黑白图片各一幅来评价赵无极,称赞他是善于交替运用光和影的艺术家,创造出了一种浪漫的、有空气感的空间效果。事实上,赵无极和他的好友、居住在纽约的建筑师贝聿铭是这部著作里提到的仅有的两位中国人。今年有一段时间,我几乎同时在翻阅两部画家的传记:《弗里达》和《赵无极自传》,这两位来自西方阵营以外的天才分别用各自擅长的感性和理性创作,爱情的炽热和失意一直是墨西哥女画家弗里达·卡洛创作的主要动力,而给赵无极不断带来灵感的是那种蕴涵着活跃的宇宙之气和万物的内在之理的中国式字符。

赵无极在作画

二

1921年，赵无极出生在北京（北平），祖父是前清秀才，每天早晨教他读一个时辰的书，主要是唐诗宋词和《论语》。这一严格而精心的教育，培养了赵无极锲而不舍的精神，至今他仍能一画数个小时。无极六个月大时，作为金融家的父亲调任上海一家银行做主管，他随母亲和祖父母迁居苏北南通。赵无极一家落户南通是他母亲的选择，她认为上海是一座吃喝玩乐的城市，对孩子的教育不利，而南通离上海并不遥远。当然，这种选择不仅对西方人（这本自传显然是写给法国人看的），对今天的中国年轻人来说也是不可思议的。

笔者很早就注意到，县城长大的孩子出类拔萃的比较多，即便对艺术家来说也是如此。究其原因，他们比起省城或首都长大的孩子更有抱负，再往下比如在乡村长大的孩子需要接纳或更新的观念太多了。比赵无极年长六岁的电影演员赵丹出生在扬州，也是襁褓之中来到南通。从1921年到1933年，这两个从未谋面的赵家男孩均在长江边上的小城南通生活并接受教育，后来相隔两年分别考入上海美专和杭州美专。赵丹一家来到南通是因为做军人的父亲调防，早年的绘画生涯无疑增添了他的艺术气质。我对赵丹的尊敬比旁人多出一点是因为他的遗孀黄宗英改嫁他人，这应验了心理学家的观点，婚姻生活幸福的人在丧偶以后更容易再婚。而有些年龄相差悬殊的艺术家配偶却守寡到终，也使我怀疑其生前的幽默感和艺术成就。

赵无极最初开始画画是因为父亲的缘故，他早年参加过业余的绘画比赛，后来因为生活所迫，从最低的职员开始，一步一步成为金融家,并收藏了大量的古玩、碑帖和书法,他年轻时的抱负和后来取得的财富为儿子成为一名艺术家提供了保障。有意思的是,童年的赵无极最初临摹的对象竟然是钞票上的图案,不过很快他便进入了角色,开始享受绘画带来的无限乐趣。在赵无极的记忆里,涂涂抹抹的绘画热情是与一种身体上的不安全感相联系的,他的童年是军阀混战的年代,来到巴黎以后,又长时期地与亲人分离。因此,无论赵无极安家何处,他的画室都是盒子式的,与外界不通,只留一扇门。

三

1948 年 2 月 26 日,在等待了两年终于拿到法国签证以后,赵无极偕同妻子乘坐一艘叫安德烈·勒庞的客船,从上海出发前往马赛,巧合的是,这正是 35 年前他的老师林风眠乘坐过的同一艘船。显而易见,赵无极不是喜欢旅行的那类人,途中停靠的五个港口香港、西贡、科伦坡、吉布提和塞得港每一处都令人神往,在他的自传里却草草带过。事实上,他从未对大海产生过太大的兴趣,对他来说那只是必须加以抵抗的外来侵略的同义语。可见,在民国年代,爱国主义的教育一点也不比现在逊色。轮船抵达马赛港以后,他迫不及待地跳上了去巴黎的火车,当他在愚人节的早晨抵达巴黎,放下行李后所做的第一件事便是去卢浮宫参观。

此后的一年半时间里,赵无极每天下午都在博物馆或画廊里度过。依照他的心得和观点,16 世纪以来,中国画就失去了创造力,画家们只会抄袭汉代和宋代所创立的伟大传统。他认为,艺术不是技巧的一种堆砌,美和技巧不能混为一谈,而一旦章法和用笔都有了模式,就再也没有想象和意外发现的余地。不仅如此，在看过《蒙娜·丽莎》和波提切利等画家的作品以后，他对意大利绘画的平面感和简单的色彩产生的怀疑，更倾向于伦勃朗和戈雅作品里丰富的质感和运动的笔触。当然，最触动这个往日迷醉于西湖的波光涟漪和秋风山色的中国人的，还是野兽派的色彩和立体主义的空间维度，那如同一个中学生突然闯进了高等数学的世界。

赵无极想表现的是虚空和光，那种引人入胜的明亮和纯粹。他不愿再现自然，而是要将其形状排列组合，让人们从中看到平静水面上空气的流动。法国大诗人亨利·米肖为他初到巴黎的石版画写下了八首散文诗，诗中写到："变幻的水波中，一个阴影将它们遮掩，美丽的水中之居也被笼罩。"可是，等到三年以后赵无极在瑞士看到保尔·克利的作品时，立刻被他的符号世界撼动了，那自由的笔触和轻盈如歌的诗意令人倾倒，小小的画面在画家的营造下变得无限辽阔。接下来的两年时间里，赵无极的作品变得混乱不堪，他的内心里出现了追寻不到的焦躁和急切。

四

那以后，赵无极毫无顾忌地取消了细节，画出了那种让人联想到"炭火、水和海洋，天空和云雾"的抽象作品，"若即若离中显露出折断或颤动的线段，悠闲漫步的曲曲折折，飘渺梦幻的蛛丝马迹"。他认为，只有抽象才能带来最大的自由和力度。在我看来，他的作品仿佛是从遥远的太空用望远镜所见到的地球上的物质和生命。1975年，赵无极画展在法兰西画廊隆重推出，被认为是战后最重要的法国诗人

赵无极作品

勒内·夏尔在序言里写道:“在那里,透着云游者俄耳甫斯琴声的魔力,空灵而有磁性,画面的各个构成因素相互联结,不断孕育着新意,好像夕阳变幻于天际的缤纷色彩。”三年后,贝聿铭先生在为纽约亨利·马蒂斯画廊的赵无极画展图片集所写的前言里声称:“现在我可以毫不夸张地说,赵无极是当今欧洲画坛最伟大的艺术家之一。”

赵无极之所以能在巴黎立足并取得骄人的成就,显然有着多方面的因素。首先,他的父亲(虽然后来他再也没有见到)为他最初的生活和学习提供了充足的资金。其次,他善于结交朋友(即便是在失去两任妻子以后),尤其是和巴黎的诗人和画家打成一片。他本人说过,他珍爱朋友就像每天早餐时一边喝茶一边细心护理屋里的桔树和兰花一样。再次,法国人对中国人有着天生的好感,特别是那些有着可爱性格的中国人,他在巴黎找到了自己需要的地理和社会环境。最后,也是最重要的,他头脑里的现代主义艺术素养和天赋、不断吸取新事物的愿望和才华、那种延续了几千年的绘画传统仍在他身上(他比别的画家多继承了一种传统)。

相比之下,如今杭州中国美术学院里赵无极的那些学弟们,头上顶着博士或教授的光环,经常以小圈子之名,联合出现在当地晚报的艺术新闻栏目里。当他们偶尔聚在一起,谈论的话题不外乎某某的画价又上涨了,某某按揭买了新房或别墅,不一而足,很少有人会想起或提到那位失落在巴黎的校友。放眼全中国,个别留过洋的油画家以电影导演、服装设计师或时尚引领者的名义博取了名声,在同胞中的知名度远远高于赵无极,其显赫当然也是一时的。笔者也留有遗憾,虽然过去的十年间,我曾经四次到访巴黎,却一直无缘见到赵无极先生。最近,我的友人河清教授重访巴黎,带回来赵先生的采访录像,让我有机会目睹大师的风采和画室,那是巴黎西南 14 区的一幢二层楼房,离他初到巴黎时下榻的蒙巴纳斯不远。宅第四周是一个草木生长的庭院,一百多平方米的画室果然没有一扇窗户。

朱德群:离乱未必失故乡

一

如果在百度上搜索朱德群和朱德庸这两位中国画家的名字,所得条目的差距是显而易见的。前者仅有三万多条,后者高达五十多万条。可是,若论两个人的艺术成就和地位,则并非如此。台湾长大的朱德庸虽以系列漫画《双响炮》、《涩女郎》、《醋溜族》闻名海峡两岸,但其知名度却局限于华人圈里,而大陆长大的朱德群则是享誉世界的抽象画大师、法兰西艺术院院士。初次听到两人的名字,还以为是兄弟或父子,可是他们却没有任何亲戚关系,年龄也相差整整 40 岁。两人仅有的相同之处是,朱德庸的祖籍也是江苏,而朱德群成年以后也曾在台湾居留。

1920 年,朱德群出生在江苏徐州西南萧县白土镇(如今隶属安徽)的一个医生世家,本名朱德萃。他的祖父是当地有名望的中医,父亲不仅继承了祖父高超的医术,同时还是一位有品位的书画收藏家,并擅长画中国传统的水墨画。朱德萃自小受到艺术熏陶,在徐州读完中学以后,他在父亲的支持下,于 1935 年考入杭州艺术专科学校(今中国美院前身)。有趣的是,由于他的中学毕业文凭迟迟没有发下,便拿了堂哥朱德群的证书去报名,结果是,哥俩终生使用同一个名字。

两年以后，日军侵入中国腹地，杭州艺专也像同城的浙江大学一样不断西迁。虽然是在离乱中，这所堪称新艺术摇篮的学府却给了朱德群丰富的营养。事实上，在他呱呱坠地的时候，杭州艺专两位极其重要的人物正在法国求学，一位是后来成为首任校长的林风眠，另一位是为朱德群打下坚实素描基础、深得西方艺术精髓的绘画系主任吴大羽，这两位都专攻油画。还有一位赋予朱德群以中国绘画精神的大画家——潘天寿，也已经崭露头角。等到朱德群来到杭州，这三位画家均已达到艺术的颠峰，他们亲自给学生授课和指导。

朱德群的同学中，也有几位日后与他并肩齐名的。其中，同样留学巴黎并成为抽象画大师、当选法兰西艺术院院士的赵无极比他小一岁却高一年级，而当今中国大陆身价最高的油画家吴冠中（在朱德群的鼎立推荐下成为法兰西艺术院的通讯院士）比他大一岁却低一年级。巧合的是，他们三人（都年近九旬仍笔耕不止）都是江苏人，吴早年也曾留学巴黎多年，只不过他在新中国成立后即回国了。有意思的是，吴冠中当年就读的是浙江大学附属高级工业职业学校电机科，在暑假军训期间他与朱德群结为挚友，受其影响，他弃工从艺，重新考入杭州艺专。

在将近十年的时间里，杭州艺专不停地迁移。朱德群在离乱中完成学业，留校做了助教、讲师，一直潜心创作。之后，他又转到同在重庆的中央大学（今南京大学）任教。1947 年，他随中大返回南京。不幸的是，在沿长江乘船顺流而下途中（安庆附近）遇到了暴风雨，几乎覆舟丧生，随身携带的八百多幅画作全部浸泡在江水中，这是朱德群遭遇到的又一次艺术“失却”。此前，他留在家乡的早年习作也被日军的炸弹焚毁。之后两年他的作品同样未能幸免于难,在在台北从事新闻业的妻兄的邀请之下,朱德群全家在解放大军南下前夕离开大陆,把全部画作托付给老同学,这些自然难逃后来的“文革”劫难。

二

在台湾,朱德群可谓是白手起家,除了担任师范学院艺术系副教授,还成功地与人举办了联展。此外,他还广交各界朋友,并遇到了后来成为他终身伴侣的学生董景昭,那是在 1952 年。三年以后,当朱德群去巴黎访学进修时,在船上再次巧遇董景昭,她当时是去马德里皇家艺术学院留学。在一个多月的海上漂泊中,这对年龄相差 12 岁的师生走到了一起。不过我认为,此类巧遇很有可能是事后约定的说法,为了减少对朱妻的伤害。他们也承认,申请签证那天两人曾在一起。结果两人一同去了巴黎,游玩之后,朱德群亲自送美人去了马德里。不到两个月,董小姐便耐不住思念之情,转学到了巴黎。尽管如此,由于离婚的复杂性,以及董父的坚决反对,他们直到 1960 年才举行中国式的婚礼。当然,这也成为朱德群在巴黎存活下去的源动力。

朱德群抵达巴黎时已经 35 岁,40 岁再婚(正式公证结婚时他已经 61 岁),此后他的生活便固定不变了。无论是在中国大陆还是台湾,他画的都是具象的作品,即以摹仿为基础的绘画,而上个世纪 50 年代的巴黎却早已是抽象绘画的天下。对现代艺术家来说,通过对共同经验的描绘直接与大众对话已经是不好意思的事情了。早在朱德群出世前的 1910 年,法学博士出身的俄国画家康定斯基便开创了抽象艺术,即那种没有任何可以辨认的主题的绘画,形成了一种非客观物体的画风。显而易见,朱德群想要在巴黎立足,非得要“转型”不可,这使得他又一次面临艺术“失却”,这回他已是人到中年了。

在康定斯基的热抽象和蒙德里安的冷抽象之后,欧洲又相继出现了德洛内的色彩抽象主义(诗人阿波利奈尔称之为俄耳甫斯主义)和马列维奇的至上主义。二次大战结束以后,美国人波洛克开创了行动绘画,使得新大陆的艺术异军突起。波洛克首次将画布平铺在地上,分阶段把瓷漆或铝漆滴溅到画布上(令人意想不到的是,完成这样一幅画需数周时间)。可是,所有这些画家的作品均未能打动朱德群,倒是一位不起眼的小人物、生在俄国长在比利时的画家尼古拉·德·斯塔尔改变了他。

德·斯塔尔比朱德群年长六岁,十月革命以后,随家人流亡到波兰,不久他成了孤儿,由布鲁塞尔的亲戚抚养长大,后来被送进皇家美术学院。他也是到法国以后改变了画风,成了巴黎抽象主义的代表人物,不料刚过40岁便因为对艺术的迷惘自杀身亡。阿纳森在《现代艺术史》中称他能在保持形式抽象的同时点明主题,某些作品有空气感和神秘感。1956年,德·斯塔尔回顾展在巴黎揭幕,朱德群被一幅标题为《花卉》的作品迷住了。这幅画表面看起来是色块和线条组成的抽象构图,可是眯眼远看,一簇栽在盆里的花的景象蓦然显现。这使朱德群想起了老子的话:惚兮恍兮,其中有象;恍兮惚兮,其中有物。

那会儿,朱德群正经受社会地位的下滑和失语症的焦虑,加上经济拮据,虽有爱情但却得不到家人的支持,个人生活和艺术均遭遇了挫折,是老子的哲学和德·斯塔尔的作品让他重新确立了绘画的目标。和赵无极一样,朱德群发现,中国水墨画和书法中包含了无限的抽象性。比起德·斯塔尔来,他不仅更容易进入抽象的境界,且能出入自由,稳定的婚姻生活是他精神健康的保障。朱德群说过:“在抽象画中得到的自由感,确实令人痛快舒畅。”这应验了德国批评家冯·沃格特的说法:“自由只能从一些自我规定的新规则中才能获得和被建立。”当然,要享受这样的自由,危险性是始终存在的,德·斯塔尔自杀的第二年,波洛克也在一次酒后车祸中丧生。

三

相比于波洛克和德·斯塔尔,朱德群比较幸运,他找到了可以持久创作的方向,即表现心灵沉淀以后的抽象风景,那样一来,他早年在

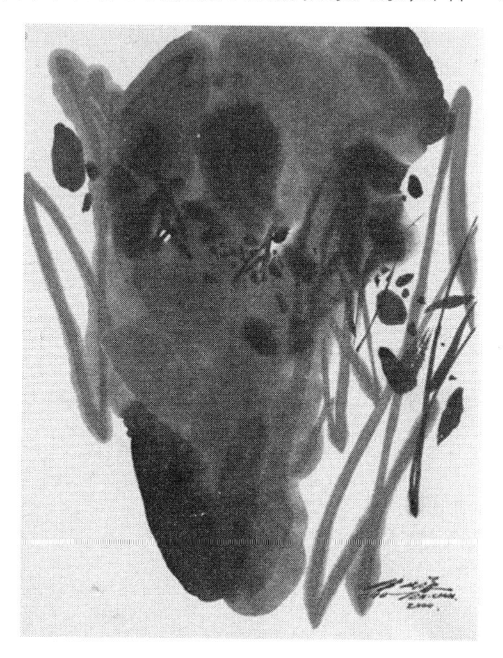

朱德群的水墨画

这中国持续不断的迁移就成为他灵感的源泉。他把记忆中的风景通过心灵“内化”，然后用彩笔表现出来，变成了“虚拟的风景”。同时他也从德·斯塔尔那里获得启示，“抽象并不排斥具象”。似乎早年的生活越久，日后的艺术生命也越长。通过锲而不舍的努力，朱德群终于在巴黎取得了成功，他尤其喜欢表现变化着的景色，例如大海、早晨、季候。最近，客居杭州的台湾收藏家徐承中先生送我一幅朱德群的石板画新作《金秋》(2006)，在客厅和书房里轮流摆放了一段时间以后，我仿佛看见金黄色的稻谷云层一般堆积在天空，而底下一堆细碎分离的物质则让我联想起动物的内脏。

久而久之，我从中感受到一种骨肉的散分之情，但却带着几许温馨和甜蜜，没有丝毫的乡愁。朱德群从小就接受良好的教育，饱读诗书。事实上，古诗一直也是他灵感的源泉，有将近20年的时间他沉湎于唐宋的秋意中，而这两个朝代之间的南方小国南唐的后主李煜则是他最喜爱的诗人。想必朱德群也熟记唐代大诗人白居易的下面这行诗：

离乱失故乡，骨肉多散分。

这首诗中所写的朱陈村在徐州北郊，离他的出生地萧县不远。值得一提的是，朱德群至今尚无叶落归根的意愿，在我看来，他注定要客死异乡。可是，半个多世纪以来，故乡从未失去过，一直萦绕在他的心头，盘踞在他的画布上。

与毕加索同时代的法国哲学家巴什拉在他的代表作《梦想的诗学》里这样写到，“一旦诗歌的形象在某一单独特征上有所更新，便会显示出某种原始的淳朴”。对绘画来说无疑也是这样，保尔·克利如此,霍安·米罗如此,朱德群也是如此,即使到了晚年,他的作品仍展现出孩童般的好奇、灵动、流淌的姿态。面对这样的作品并不需要人们以为的那样若有所思,而只需要拥有纯真、惊喜的本能和自然、发泄的倾向。18世纪德国浪漫主义诗人施莱格尔说过这样的话:"一气呵成的创造",这与杜甫的"下笔如有神"同样指的是文学,可是对朱德群那样的画家也不例外,这位身高1米82的东方人身上总有一股难以抑制的冲动,经常是躲进画室成一统。

上个世纪80年代末,朱德群在接受一位台湾批评家采访时提到,他画画时感觉就像是在壮游,有时候,这种壮游埋在他的记忆里很久以后,才被画布唤醒。这不由使我想到十多年前接受央视东方时空节目采访时说过的一句话:"写作就像是故地重游。"看来对朱德群那样的画家也是如此,只不过他定居在异乡,早年的壮游更为遥远和丰富。他自己也大致说过这样的话:"自从60岁以后,我就画我的记忆,幻游我的记忆。"哥伦比亚小说家、诺贝尔文学奖得主加西亚·马尔克斯称赞朱德群的画是"生命和宇宙的魔幻现实主义",他们因为有一个共同的西班牙朋友而结下深厚的友谊。显而易见,加西亚·马尔克斯所说的宇宙即朱德群心中"虚拟的风景"。

2007年3月8日,杭州彩云居

戴圆顶礼帽的大师

一年前，当我第一次见到比利时超现实主义画家勒内·马格里特(1898—1967)的油画时，便被他的梦幻世界深深地吸引了。与此同时，我隐隐地发现了马格里特的绘画与我的自印诗集《幻美集》(1989)之间存在着一种微妙的关系。直到最近读到苏子·嘉贝丽克撰写的一本薄薄的传记，我的那种感觉愈发强烈，以至于不得不把它写下来。坦率地承认，我在本文的写作中部分采用了马格里特的对手——萨尔瓦多·达利喜欢的方式：自我宣传。

和达利相反，勒内·马格里特在超现实主义画家当中，可以算是一个不抛头露面的人，在这一点上，他比较接近米罗。他的生日是11月21日，正好处于占星术的天蝎宫——在这段日子里还诞生过小说家陀斯妥耶夫斯基、雕塑家吕德、科学家居里夫人以及西班牙人毕加索。据说出生在天蝎座的人既不善于言说，喜怒哀乐也不溢于言表，这是识别他们的一个可靠标志(毕加索喜欢嘟嘟囔囔，但终其一生是个自言自语的人，他最讨厌的事是跳舞)。这些人一般对奇迹、怪诞、神秘、破坏和作恶有着特殊的爱好，他们的内心世界总为幽灵般的幻象所缠绕，具有永不满足的好奇心。

马格里特的童年是在外省度过的，他的出生地勒西纳斯是比利时最有法国风味、最具世界性的地方。和几乎所有的艺术家一样，孩提时代的马格里特对人文科学的学习颇感头疼。12岁那年的一个星期天上午,马格里特和一位小女孩在一处古老废弃的墓地上玩耍,突然他们在倒塌的石柱和成堆的败叶中看见一个来自城市的艺术家在那里作画。从那天起,绘画对他产生了无法驱散的魔力。1918 年,他们全家迁居首都布鲁塞尔,两年后,他在布鲁塞尔植物园散步时,邂逅了中学时代的女同学乔治特·贝格,马格里特以他惯有的那种恶作剧式的幽默,即兴编了一个故事,说他自己正在看望恋人的路上,这深深地打动了乔治特。四年以后,他们结为百年之好,至此,一个艺术家的生活安排就序。

1927 年,马格里特离开布鲁塞尔,加入了巴黎的超现实主义活动圈子,他在巴黎的近郊定居,主要与诗人安德烈·布勒东、保尔·艾吕雅交往,他喜爱并敬仰的画家是德·契里柯和恩斯特。但马格里特与超现实主义的关系最好的时候也是暧昧的,三年以后,他即离开巴黎返回布鲁塞尔,起因于他与布勒东的一次口角。此后不久的一天晚上,马格里特怒气冲冲,焚烧了所有使他想起超现实主义的东西,包括信函和小册子,甚至还烧了一件上衣。照乔治特的说法,如果不是她的阻拦,马格里特或许会把自己也给烧了。可是马格里特自始至终是一个彻头彻尾的超现实主义者,他对超现实主义的理解是这样的:“在我看来,超现实主义思想必须是构想的,但又不是虚构杜撰的——它的现实性与世界万物的现实性是一样的,但它必须是想象的。”

维特根斯坦证明了:作为一种虚构出来的模式,语言无需与现实完全一致。的确,从哲学意义上讲,一个观赏者是能够在同一地点处于两个时间的。马格里特用作品证实了这一点。在《光的帝国》里,他让夜晚的房舍和树林处于白昼的天空底下,为了加强夜晚的效果,马格里特特意安置了一盏倒映在湖水中的路灯。另一方面，一个观赏者也可以在同一时间处于两个地点的。在《田园的中心》里，窗户已经破碎了并正在坠落，但是户外风景的局部仍再现在室内的玻璃碎片上。类似的现象出现在《幻美集》中，比如在《以 P. S. 的风格》这首诗里，"我"在岸上看一个人游泳，在"看"和"游泳"的过程中，"我"和"游泳的人"不知不觉地互换了位置。

禅宗有句偈语：你能以手指着月亮，但千万不要把手指误认作月亮。马格里特认为，一个事物恰恰是被它经常出现的样子所遮蔽。他采取的方法之一是，改变对象的尺度、位置或质地，创造出一种不协调。比如，把一个巨大的餐盘放在一处海边风景中(《大餐盘》)，或者一个苹果占据了整个房间(《收听室》)。《单人房间》则更离奇，在这幅作品中，马格里特把衣橱、床、头梳、酒杯、铅笔、胡子刷等毫无比例地堆放在一起，而墙壁则是蓝天白云。这同样出现在《幻美集》中，在《村姑在有篷盖的拖拉机里远去》这首诗里，篷盖、麦田、围巾、脚丫在瞬间改变了尺度，犹如电影里的蒙太奇镜头。

按照波德莱尔的说法，物质讲着一种无声的语言，比如花、天空和日落，家具似乎在做梦，可以说蔬菜与矿物一样，具有一种梦游者的生命。马格里特用来表达物质语言的手段之一是孤立，即使对象与其本源脱离。在《比利牛斯的城堡》中，岩石像云彩一样高高地飘浮在海洋之上。《通往大马士革的道路》画的是一个赤身的男人，在他身旁一套西服和一顶圆礼帽凌空悬挂。在《幻美集》里有一首诗叫《绿风》，诗中这样写道："风来自高楼的峡谷/ 经过有花瓶的窗台/ 将一束花的叶子吹落/ 而让另一束花只留下叶子……"，全诗无意识地采用了虚实相间的手法。

马格里特《单人房间》

与孤立相反，把两个彼此独立的形象融合在一起，也是马格里特经常使用的一种手法。《欧几里德漫步处》描写的是一幅城市风景，画中有一条剧烈透视的宽大马路，这大马路看上去快变成一个三角形了，从而重复了相邻塔楼的角锥形状。画面唤起了某种巧合，或者说巧合产生了画面。正如伯特兰·罗素所说的："当人们发现一对雏鸡和两天之间有某种共同的东西（数字2）时，数学就产生了。"顺便提一下，巧合的画面似乎与意象诗相近，比如庞德的《地铁站台》，但又有区别，马格里特的绘画无疑更抽象，更具哲学意味。比较《幻美集》中的一首诗《羽毛》，在那里，羽毛和帆船产生了巧合，而诗的主题则与时间有关。黑格尔在晚年发觉星光辉映的天空是阴沉的，他指出：

“人们能够把并不实在的事物的理念自我感觉成像实在的一样。”

马格里特无疑从德·契里柯开创性的形而上绘画和洛特雷阿蒙的长诗《马尔多拉之歌》中获得了灵感，后者的名言“美得像一架缝纫机和一把雨伞邂逅在手术台上”和前者作品中事物之间谜一般地联结一起，对他的艺术产生了决定性的影响。从1925年创作自认为是第一幅“实现了”的绘画《迷路的骑士》开始，马格里特运用人们熟悉的具体事物，以各种不规则的方式加以组合，创造出令人惊喜交加的效果，给我们以启示的震撼。由于提出了作画的对象与真实的东西之间的含义和关系问题，所以他成为超现实主义画家中最具哲学倾向的和最符合现代艺术精神的一个。为了使画面内容的真实程度达到最大可能，马格里特采用了拘泥细节与故意显得平庸的技术。例如在《自由决定》这幅画中，一个年轻文雅的女骑手，穿过一片被树木分隔的森树。马被树木拦截成几段，而各部分安排得朦胧模糊，看上去既像是在树的前面，又像是在树的后面，这把我们引进到现实与幻觉的矛盾之中。

1951年，法国诗人蓬热与瑞士雕塑家贾科梅蒂谈起：我们是这一代中一些不得不推迟出现的人。对马格里特来说，他的姗姗来迟是他个人的选择。当别的艺术家都有意在生活中激起公众的批评，他却力图在外表上不引人注目。他最像他画中反复出现的一个头戴圆顶礼帽，身穿黑色外套的人。自从1930年离开巴黎之后，马格里特的艺术家生涯可以说已经告终。在回到布鲁塞尔之后，他越来越生活得像一个普通的中产阶级。他讨厌旅行，喜欢稳定，似乎是一个放弃了个性的人。他与世隔绝，冷漠的神情中蕴涵着对平凡琐屑的蔑视和反抗。60年代初，美国的波普艺术家尊崇马格里特为这一艺术之父，被他坚决拒绝。他的傲慢孤僻,使人想起波德莱尔所说的"优秀的人",但他的想象力始终活跃着,直到生命的最后一年,他的艺术创造力依然旺盛。正如梅利在为英国广播公司拍摄的电影脚本《马格里特》里所写的:"他是一位秘密代理人,他用外表装束和行为讲话。大概多亏了他的隐姓埋名,他的作品才像冰山浮动似地,已经有了逐步的并且是压倒一切的影响。"我们有充分的理由相信,马格里特在艺术史上的地位到现在仍然难以充分地估计。

1990 年 12 月,杭州

归来的厄尔·格列柯

艺术是通往过去年代的精神通道

——安东尼·德沃夏克

每个时代都有几位大师被遗忘或忽略,也都能挖掘出几位过去年代的大师。在20世纪归来的艺术家当中,最重要的一位恐怕要数文艺复兴后期的地中海画家、雕刻家和建筑师厄尔·格列柯了。去年夏天我在希腊漫游时,偶然发现雅典的国家美术馆里,正在举办厄尔·格列柯的作品回顾展。早在六年以前,我就在纽约大都会艺术博物馆里看见过格列柯最令人震惊的作品——《揭开第五印》,画家描绘了《启示录》里的一幕:圣徒约翰沉迷于幻觉,仰望着天国,以发表预言的姿势举起双臂。此画使我联想起四个世纪以后毕加索的《阿维尼翁少女》,那是立体主义的开山之作,不过,其时我沉湎于自己的旅行,并未对艺术家作任何探究,这次总算有机会对他的作品和生活深入了解。

大约在1541年,格列柯出生在克里特岛的最大城市伊拉克利翁,本名多明尼科斯·透托科波罗斯(Dominikos Theotokopoulos),厄尔·格列柯(El Greco)在西班牙语里的意思是"这个希腊人",或"那个希腊人",显然这是一种贬称,暗示着希腊这方面的人才奇少,就像数学中的"孙子定理"被西方人称为"中国剩余定理"一样。位处东地中海的克里特岛是希腊乃至整个欧洲文明的发祥地,荷马史诗《奥德赛》

里有这样的描述:“在酒绿色的大海中央,美丽又富裕,人口稠密,90座城市林立在岛上……”20世纪初,英国考古学家伊文斯爵士在伊拉克利翁郊外发掘出的米诺斯迷宫提供了部分的佐证。可是,自从九世纪以来,克里特岛相继被阿拉伯人、威尼斯人和土耳其人占领,先后长达一千一百多年。

格列柯自幼在故乡接受拜占庭艺术的熏陶,主要画一些宗教题材的镶嵌画,20岁出头他就成为岛上享有盛名的画家。展览的第一部分表现了希腊的传统艺术,格列柯和同时代的几位画家的作品颇为接近,很明显,如果他继续留在那里,会成为克里特艺术的代表人物。但格列柯是个有抱负的年轻人,1568年,他来到当时的宗主国威尼斯求学,其时长寿的“威尼斯画派”领袖提香名声显赫,他在色彩和技巧上受到了影响,或许还在提香的画室工作过。格列柯迅速完成了从后拜占庭艺术家到西方艺术家的转换,两年以后,他离开威尼斯,一路游历维罗纳、帕尔马和佛罗伦萨,抵达当时世界艺术的中心——罗马,很快他便取得了成功,初步建立起一个肖像画家的声誉,被认为是“罕见的天才”而得到著名的法纳赛家族的资助。

有意思的是,格列柯并没有被巨匠拉斐尔和米开朗琪罗所吸引,却倾心于比较怪异的卡拉瓦乔(其自画像出现在最高面值的意大利纸币上)和帕尔米贾尼诺(Parmigianino,1503—1540),欣赏他们夸张的人物造型和纷乱的构图。不仅如此,格列柯对西斯廷教堂壁画《最后的审判》的轻视招来了罗马人的敌意,促使其下决心在七年以后远走马德里,最后在古罗马时期西班牙的古都托莱多定居下来并度过余生。格列柯旅居意大利期间的作品,如《天使报喜》、《正在治疗盲人的基督》,画面呈现出统一的金色调,建筑远景的透视关系都是提香式的，不过已埋伏下不稳定的因素。

在格列柯来到西班牙，特别是定居托莱多以后，情况发生了质的变化。伊比利亚半岛和克里特岛一样，曾经被伊斯兰文化统治和沐浴数个世纪，因此很自然地成为他的第二故乡。格列柯画中的人物被有意拉长了，仿佛缺少重力似的漂浮在空中；经典的透视法被抛弃了，代之以仰视和俯视交融的多重视点；人物造型几乎集中在脸部，追求极端微妙的精神表现。更具创造性的是在色彩的运用方面，强烈的戏剧性对比，就像烧红的金属经过淬火，或半熔化半结晶的宝石，整个画面呈现冷与热，暗与明，白与黑，漂浮与沉淀的紧张冲突，制造出神秘的宗教意味，令每一位观众不得安宁。典型的作品有《牧人的膜拜》、《基督洗礼》、《基督复活》、《十字架上的基督》、《三位一体》和《逾越节》。

格列柯的绘画艺术是那样地“现代化”，以至我们很难从中寻找那个年代的烙印，不过可以断定，当时的西班牙由于地理位置的偏远，在那里生活作画不大容易受到推崇自然完美的批评家们的攻击和骚扰；此外，中世纪的艺术观念仍然没有消除，人们对宗教有着不可思议的热情，这是其他地方难以见到的。在来西班牙之前，格列柯已经受到他认识的前辈画家丁托列托（Tintoretto，1518—1594）的影响。比提香年轻三十多岁、同样定居在威尼斯的丁托列托很早就感觉到，不论提香怎样无与伦比地表现美，他的画都倾向于媚人而非动人。换句话说，并不十分激动人心。

在绘画实践中丁托列托也身体力行，其一反常规的不平衡构图法使同时代的批评家兼传记作家瓦萨里大惑不解，他在《名人传》里扼腕叹息：“如果丁托列托不是打破常规，而是遵循前辈们的美好风格，

托莱多的街景　蔡天新摄

那么他一定会成为威尼斯最伟大的画家之一。”格列柯没有发现丁托列托的艺术有什么可惊讶之处，反而觉得它十分迷人，很合乎自己的口味，这一点至关重要。正如贡布里希爵士在《艺术的故事》一书中指出的：“格列柯在大胆蔑视自然的形状和色块方面，在表现激动人心和戏剧性的场面方面，都超越了丁托列托。”尽管如此，这位20世纪最杰出的古典学者仍然没有充分意识到格列柯的艺术地位和价值，他的著作里只花费少量的篇幅阐述他。

除了绘画以外，格列柯也像那个时代的其他艺术家一样，从事建筑和雕刻创作，可惜所有的建筑已毁，遗存的雕刻作品也不多，确认出自他之手的就更少，据说均是按照西班牙的传统，做成缩小了的彩色木雕。有一次，委拉斯凯兹未来的老师和岳父帕切科专程赴托莱多拜访艺术家，回到马德里以后逢人便说，格列柯让他看了亲手制作的满满一柜子粘土人像模型，用来解决作画时的疑难。据此我们可以推断，这位画家虽然擅长雕刻，不过其主要目的，却是为画中人物的体积感寻找依据。我对原藏普拉多博物馆的《厄庇米修斯与潘朵拉》和原藏托莱多城外博物馆的《基督复活》留有深刻的印象。两件作品都不足半米高，却充分显示了作者的出手不凡，其中基督的形象左腿前跨，右手前伸，翻手伸食指向上，几乎原封不动地出现在格列柯的同名绘画中。

从16世纪开始，西班牙每隔一百年向世界贡献一位超级天才，格列柯以后依次是委拉斯凯兹、戈雅，之后的19世纪是个空白，而到了20世纪，一下子又冒出来三位：毕加索、米罗、达利。不过从风格上讲，格列柯似乎应该在戈雅后面出现，由于他的作品怪异、多变、奢侈、想入非非，没有获得国王菲力普二世的赏识，大概正是因为这一点，再加上画家本性上的固执和傲慢，促使他始终不懈地努力，终于形成了独到的风格。虽说格列柯未能进入宫廷，不过也未招来太多尖锐的批评，国王的顾问们注意到了他。西班牙人乐于承认，格列柯对年轻的委拉斯凯兹有着重要的影响。

那个时候的西班牙王国鼎盛期已过，在美洲的殖民地不断丧失，人民的生活水平比以前有所下降。社会上冒险的风气盛行，流浪汉小说风靡一时，塞万提斯讥讽时代的巨著《唐·吉诃德》也已经问世，他本人只比格列柯晚两年去世，这一切都是画家赖以创作和生存的前提条件。到了17世纪中叶，意大利文艺复兴的审美趣味才真正主宰了西班牙，人们开始批评格列柯画中的形状和色彩不自然，继而把他的画当作笑料，结果使得画家默默无闻了三个世纪，甚至连权威的《剑桥艺术史》都对他只字未提。

在幻想的探索方面，格列柯独自远远地走在时代的前面，直到浪漫主义兴起，他才有了几位趣味相投的同行，而在上两个世纪之交，随着印象主义、象征主义、表现主义和立体主义等流派的出笼，尤其是在1907年，西班牙批评家科西奥对格列柯进行了天才的发掘，他才终于有了一批虔诚的信徒，同时作为古典大师的地位得以牢固确立。科西奥那部划时代的著作第一章的标题就叫"关于厄尔·格列柯的生活我们不了解的还有哪些?"看过格列柯的画展以后，我似乎找到了本世纪三位怪异的天才——西班牙人达利、意大利人莫迪利阿尼、法兰西人唐吉的绘画风格和精神的渊源，至少他们的独创性在我眼里减少了。

绘画是一种使空间变得可见的艺术，宗教绘画提供给人们的，应是受上帝影响或作用的某种空间存在。由于《圣经》的故事一代代相传，因此长期以来，圣洁、安详、真实和美成为历代画家反复的选择和共同的追求。另一方面，艺术又需要自由，没有什么能比真正的自由更重要了，而自由的获得却比我们通常想象的要艰难许多。正如德国学者冯·沃格特所指出的："我们被错误地灌输了一种看法，即把摆脱旧的暴政看作是自由的本质，实际上那只是自由的属性，自由只能从一些自我规定的新规则中才能获得和被建立。"在格列柯那里，绘画是那种可以无限延展的光明的化身，可以通过相对隐晦、分割和变形的东西组成一个新的整体。

对于这样一类艺术家，美国人保罗·韦斯的话或许正好能够解释：他说："要使作品展现和表明上帝是无所不在的，那么现代抽象绘画应该特别适宜于作宗教艺术。"在大师归来的同时，有关他个人生活的谣言四起，如精神失常，眼睛散光，吸食印度大麻，等等。有人认为格列柯拉长了画中的人物是因为他的眼睛散光，知觉心理学家吉布森把这个现象称为"格列柯谬误"，因为画家所能瞄准的只是感觉的匹配而已，而非绘制地图。贡布里希在《图像和眼睛》里则引用了美国画家惠斯勒的话反驳，他在回答一位宣称只画自己所见的事物的学生时一针见血地指出："如果你真的看见你自己画的东西时，你会晕倒的。"

或许，格列柯是从帕尔米贾尼诺未完成的作品《长颈的圣母》中获得启示，画家想使圣母显得文雅优美，便把她的脖子画得像天鹅一样，同样修长的还有她的手指和天使的腿，而拿着一卷羊皮文稿的先知瘦弱憔悴，我们仿佛是通过一面变形镜来观看这一切。另一方面，与格列柯同时代的人并没有注意到他在精神或视力上有缺陷，他是个有文化修养的人文主义者，从那个时代的语言到哲学和文学潮流无所不知。在去世前五年,已近古稀的格列柯为一位修士画了一幅肖像,这幅现藏于波士顿美术馆的作品在逼真和神似方面堪与40年以后委拉斯凯兹的杰作《教皇英诺森十世》媲美。

在过去的一个世纪里,希腊、意大利和西班牙都在争夺格列柯,希望能为自己的艺术家名人堂增添一位耀眼的新成员,这种争夺呈现愈演愈烈的势态。不过,西班牙在这方面占有明显的优势,著名的马德里普拉多博物馆收藏的格列柯作品十分丰硕。事实上,普拉多把主要的三个展厅分别留给了格列柯、委拉斯凯兹和戈雅。至于离开马德里仅有一个小时车程的托莱多,格列柯的艺术和博物馆、灵柩成为吸引游客的一个主要因素和景点。事实上,那座人口不到十万的小城堪称欧洲最佳的一日游目的地。

而据总部设在纽约的《国际先驱论坛报》报道,这次展出的作品是地中海沿岸三国的首度合作,画展的前两站分别设在普拉多博物馆和罗马美展中心,整个展览将历时十个月,跨越两个千年。在痛失一百周年奥运会的主办权以后,希腊人总算得到了一个安慰,格列柯的作品第一次汇聚在他的故乡。几十幅作品既让观众大饱眼福,又足以对一位艺术家做出判断,或许我们可以这样认为,在基督教和伊斯兰教文化的双重熏陶下,格列柯成长为第一个另类的古典大师,同时也是对现代主义运动最有影响的古典大师,即便在今天看来,他用来表达神秘、狂喜和自我的方式仍然具有很强的独创性。

2000年2月,杭州

梦想的五个瞬间

西湖,或梦想的五个瞬间

一

在水边

黄昏来临,犹如十万只寒鸦,
在湖上翻飞;而气温下降,
到附近的山头,像西沉的落日
消失在灌木丛中。

我独自低吟浅唱,在水边。
用舌头轻拍水面,溅击浪花。
直到星星出现,在歌词中,
潸然泪下。

1991年初春的一个下午,我独自一人闲坐西子湖边,写下或者说是得到了这首诗,这段喃喃低语成了我青年时代的一段生活写照。记得那天天色阴沉沉的，一个寂寥平凡的日子，我离开校内的单身宿舍，骑车出了大学校门，沿着西溪路和保俶路来到少年宫。接着，向右加速并冲上了断桥，然后沿着白堤缓缓骑行。那会儿我喜欢在词与物之间徜徉，陶醉于为事物命名的幸福之中。那会儿杭州还是一座小城市，人们的生活比较单纯，既少有酒吧、茶馆、迪厅之类供人消遣娱乐的地方，也没有私家轿车、高级公寓甚或五星级酒店。换句话说，社会阶层还没有明显地分化出蓝领和白领、穷人和富人。

白堤虽然离开闹市区不远，却难得碰到一个熟人，大多数游客都是外地人，这容易营造出一种幻景。加上那时我到杭州的时间不长，每次逛西湖都有不一样的感觉，假如我不那么贪心，不经常到湖边寻觅灵感，就总能在骑车或漫步途中有所斩获。如同哲学家加斯东·巴拉什所说的:"在诗人生活的某些时刻，梦想将现实本身同化了。"不过，我写的诗歌与西湖甚或杭州这座城市没有什么关系。可是，那天下午却多少有点反常，我在白堤上来回转悠，最后竟然在一张长椅上坐了下来，呆呆地望着冷飕飕的湖面。直到黄昏来临，我回眸凝望宝石山的那一瞬间，才似乎发现了什么。那种体验妙不可言，就像此时此刻，想象力的作用使得记忆栩栩如生，同时也为记忆绘制出插图。殊为难得并值得珍惜的是，这是一首关于西湖的诗。

二

我的故乡在东海之滨，一个盛产蜜橘和枇杷的地方，一个消失了的县级行政单位，我在那里出生、长大，直到考上大学。我第一次听说西湖必定是在九岁以前，因为那年的残冬和初春之交，美国总统理查德·尼克松首次访问了北京，接着他来到杭州。当报上登出客人们在花港观鱼的照片时，西湖的美丽已经深深地印刻在我的心上。至今我依然记得，县城汽车站的墙壁上写着：到杭州的里程324公里，票价7元8角。可是，每回我都是去温州或更近的地方，直到六年以后，我才得以亲眼见到西湖和那座依偎在她身边的城市。人们无法想象，那最初的一瞥对于一个喜欢梦想的男孩来说意味着什么呢？

我是在去济南上大学的路上见到西湖的，那也是我第一次出门远行。当汽车从茅以升的钱塘江大桥上穿过，我首先看到的是六和塔和蔡永祥纪念馆，当时出现在中学教科书上的只有那座纪念馆，并没有江南名胜六和塔，甚至于连建塔一千周年也被忽略而过，现在想起来简直不可思议，那不是明摆着的错失商机吗？说句老实话，我现在怀疑，当年是否真有"阶级敌人破坏大桥"这件事？那样的话可是名副其实的恐怖分子了。沿着绿树成荫的南山路向北，西子湖若隐若现，童年时代的一个美梦实现了。那种感受唯有在17年以后，我乘坐高速火车从尼斯去往巴黎的旅途中才失而复得。

济南的名胜中有趵突泉和大明湖，后者是北方城市里唯一可以与颐和园相媲美的湖泊，小沧浪亭的楹联"四面荷花三面柳，一城山色半城湖"和杜甫的诗句"海右此亭古，济南名士多"使得泉城名声大震。"唐宋八大家"之一的曾巩做过济南太守，宋代两位大词人李清照和辛弃疾的故居也坐落在湖畔泉边，清末小说家刘鹗的名作《老残游记》开篇就把大明湖写得挺美的。可是，这一切均未能打动我，倒是好多次寒暑假期间，我回家路上滞留杭州，并把初恋的足印留在了西子湖畔。那时候我正潜心在数学王国里遨游，若干年以后，我取得最后的学位来到杭州任教，才写下一首诗，作为青春期的一个纪念，那也是我最早点名西湖风景的作品之一：

宝石山

柳丝漂漾在湖上
被一簇簇桃花
分隔

断桥向西
雨点一样密集的情侣
向西

早春二月
青郁的宝石山上
是谁的嘴唇开口说话？

三

古谚云，“上有天堂，下有苏杭”，其出处恐怕已无从考证了。这句话有着“几何学的想象力”，比起唐代诗人白居易的“江南忆，最忆是杭州”（老年对壮年的回忆），或者宋代词人苏东坡的“欲把西湖比西子，浓装淡抹总相宜”（对逝去的青春的缅怀）来，一点也不显逊色。对此，13 世纪的威尼斯人马可·波罗有着自己的理解：“苏州是地上的城市，正如京师是天上的城市。"这位大旅行家对京师（杭州）情有独钟，在那部影响历史进程的游记里，他花费了整整14页的篇幅（苏州只占一个页码），还使用了"人间天堂"这个词，如今已成为西湖边上一家酒吧的名字。即使在今天看来，这部游记对当时"世界上最庄严秀丽的城市"及其居民的描述仍十分准确，例如喜欢吃鹌鹑、家禽和海鲜，向往奢华的婚礼和宴席，爱好绘画和室内装修，妓女的数量多得惊人，男人的清秀和对女人的体贴，等等。

不知从何时开始，西湖美丽的风景在我眼里逐渐凝固和淡化，甚至成为扼杀才华的一种手段和工具，许多天资聪颖的诗人和作家过早地丧失了想象力和进取心。当年的鲁迅就曾写诗劝阻郁达夫把家迁往杭州，他对西湖的概括性评价是："至于西湖风景，虽然宜人，有吃的地方，也有玩的地方，如果流连忘返，湖光山色，也会消磨人的志气。"这样的观点绝非文人所独有，从鲁迅的故乡绍兴向东直到宁波，人们似乎更崇尚沪上的生活方式和节奏，以至于直接连接宁波和上海的杭州湾大桥被提上议事日程。上个世纪50年代初，时任上海市长的陈毅元帅到杭州巡游，浙江省的头儿们设宴接风，并请他题词，不料生性幽默的陈毅脱口而出："杭州知府例能诗，市长今日岂无词？"令主人颇为尴尬。的确如此，苏东坡之后，还有哪一任杭州的父母官恃才自傲呢？苏小小之后，才貌双全的佳人也难觅，以至于近水楼台的多情才子徐志摩只好移恋别处。

"是因为缺少想象力才使我们离家/远行，来到这个梦一样的地方？"（伊丽莎白·毕晓普的诗句），继学生时代游历了西北、东北和西南以后，我在90年代的头三个夏天，先后去了三座海滨城市——福州、青岛和厦门。"家是出发的地方"，这是我一篇短文的开头一句，其意义非同寻常，因为我住在天上人间的杭州。显而易见，蓝色的大海更诱使人想入非非，那无边无际的水域既可以接纳童年的美梦，又能够抚慰受伤的心灵。厦门大学（可能是中国最美丽的大学了）带给我灵感，校园不仅紧挨着海水浴场，还有一个小巧可人的湖泊，居然可以通宵划船。我用一首小诗记录了那次旅行，那也是我第一次倾心于西湖以外的湖水，或许，我把它看成了西湖之水的一种延伸：

芙蓉湖

一次我驾舟在芙蓉湖上
一位少女在岸边沉入遐思
她夏装的扣眼里闪烁着微光
我驶近她，向她发出邀请

她惊讶，继而露出了笑容
暮色来到我们中间，缩短了
万物的距离，一颗隐微的痣
比书籍亲近，比星辰遥远

四

马可·波罗的旅行激发了西方人对东方无穷无尽的向往，同时也反过来让我们产生了西游的梦想。1993年秋天，在对香港进行了一次短促的访问之后，我匆匆踏上了美利坚合众国的土地。异国的景色、人物和风俗如春风扑面而来，我开启身上的每一个毛孔呼吸，很快写出了一百多首诗歌，其中不乏对秀美却缺乏历史沉淀的风景的情感抒发，例如《尼加拉瓜瀑布》、《约塞米蒂》和《米勒顿湖》，后者位于西海岸的圣瓦莱山谷，以及归途游东瀛所获的《芦之湖》（坐落在本州中部箱根群山的怀抱之中）。可是，这类情感通常不带有任何鲜明的地方色彩，即使在芝加哥（多伦多）亲近了烟波浩淼的密执安湖（安大略湖）以后，下面这首诗仍然透射出一股东方韵味：

湖水

大地是一片湖水
天空是一片湖水
城市是一片湖水
房屋是一片湖水

墙壁是垂立的湖水
椅子是折叠的湖水
茶杯是卷曲的湖水
毛巾是悬挂的湖水

阳光是透明的湖水
音乐是流动的湖水
爱情是感觉的湖水

梦忆是虚幻的湖水

“没有一个地方让我喜欢:我就是这样的旅行者。”法国诗人亨利·米肖在《厄瓜多尔》(1929)里这样写到,他最早的两部诗集都是关于想象中的旅行的书。其实,旅行是人类的普遍需要,也是延扩生命内涵的有效方式。我一直以为,真正的诗人和艺术家未必要见多识广,可他需要时常呼吸鲜活的空气。如同阿瑟·兰波的诗中所写的:“生活在别处”,巴黎大学的学生曾把这句话刷写在校园的墙壁上,米兰·昆德拉用它命名了一部小说,其中提到:“就像兰波的老师伊泽蒙巴德的妹妹们——那些著名的捉虱女人——俯向这位法国诗人,当他长时间地漫游之后,便去她们那里寻求避难,她们为他洗澡,去掉他身上的污垢,除去他身上的虱子。”诗人之旅,是享尽了自由、孤独和极乐的精神之旅。

而我每次异国漫游以后回到杭州,总能对这座城市有新的发现或感受,“她的美丽在我身上注射了一枚温和的毒汁”,“我有我的双桨:语词和梦想”,“奢华的宁静和追名逐利的纯朴交相辉映”。不仅如此,我还为自己找到借口和契机来从事一种新的文学形式——散文的写作。本来,英特网的使用使得写作地点变得不那么重要(就像科学论文的写作一样),唯一重要的就是一个人的心态。可是,这种事说起来容易做起来难,有很长一段时间,我的文学创作交织着两种状态:在国内写散文,在国外写诗歌。而环地中海之旅,尤其是新千年的拉丁美洲之行和从死海到里海的旅程,则让我再次体验到诗歌灵感的喷发,一路行走,我都听见了米肖的声音:“我从遥远的地方为你们写作。”

五

然而，杭州这座城市毕竟是我居住得最久的，我对她的观察也较为细致。比起中国任何一处风景来，西湖更像一幅山水画，浓缩了一代代文人墨客的理想之美。事实上，有许多人都是在折扇上第一次认识她的，这一点注定让杭州成为一座袖珍型的城市，尽管她的规模和人口日渐庞大，可是一旦过了子夜时分，惟有六公园到南山路的湖滨一带尚余几处亮光和喧嚣。与黄山、漓江、长城、秦皇兵马俑这些奇异的景观不同，西湖之美依赖于人文的渲染和典故，这注定了她的知名度局限于汉语世界和受华夏文化影响较深的邻国。除非有一天，杭州主办国际诗歌节，邀请世界各国的顶尖诗人来做客，某位大文豪说出“谁厌倦了杭州，谁就厌倦了生活”之类的话，不胫而走。

与此同时，随着时间的推移，我本人对杭州也有了某种隔膜或疏离，它的千年不变的方言，听起来像是鱼类王国的母语，始终为我所排斥。居住在宝石山的北侧，西湖对于我就像是一只手背，总是朝向熙熙攘攘的行人，而白堤、苏堤便成了手背上流淌的血脉。久而久之，我自己也成了杭州的一名游客，唯其如此，我才有可能再次获得观察的角度。果然，在上个世纪末的一个夏日，我为西湖找到了一种较为抽象的表现方式：

湖

1

明亮清澈的水面

燕子在天空飞翔

对于小小的湖泊

它就是一架歼击机

2

两支木桨摇响

一个瘦瘦的老家伙

滋润的船体

委身于湖面

3

青山倒映在湖中

那碧绿的水波下

可有烈炎的森林

鱼儿和猎人一起巡游

4

一阵微弱的凉风吹过

湖上漾起了层层涟漪

湖水的心事重重
徒有冷漠的外表

5

一大群人爬上了岸
他们的面孔像鱼鳞

阳光似刀片切割下来
被茂密的树枝遮拦

6

黑夜来到我们的周围
有人扔下一块石子

可以听见一种声音
在湖上久久地回荡

或许，这就是我心目中的西湖，她只是由来已久的一件事物。既可以被看做一处公共景点，又像是我的一只手背，可以随时跟我去到巴黎、伦敦或纽约的某一张长椅上，去到南美、澳洲或非洲的某一座丛林中。

2002年8月21日，杭州

从马里到车臣

一　一封发自雅典的求援信

今年元宵节那天，我收到以色列诗人拉米·萨里博士从雅典发来的一封伊妹儿，拉米的职业是语言学家，他与联合国教科文组织有合作，经常辗转于世界各地。给我发这封信时拉米在希腊，当他收到我的回信时已经到了葡萄牙，而我们的相识则是在去年夏天，在欧洲历史最悠久的马其顿诗歌节的举办地——奥赫利湖畔。拉米的个人简历显示，他掌握的语言多达十几种，包括奥赫利湖对岸的阿尔巴尼亚人使用的语言，以及北欧的芬兰语。尽管如此，拉米的来信还是出乎我的意料，他除了带给我温暖如地中海阳光的问候以外，还转来了一封一天前刚刚由22位操芬兰—乌戈尔(Finno-Ugric)语的有识之士发出的公开信，信中呼吁国际社会给俄罗斯政府和普金总统施加压力，迫使他改善马里共和国的人权现状。

这封公开信用英语、匈牙利语、爱沙尼亚语、芬兰语、俄语、德语、加泰隆尼亚语和法语八种文字写成，发起人大多是散布在世界各地的芬兰—乌戈尔族学者，包括芬兰—乌戈尔语文学协会的主席，还有几位前政府官员，如爱沙尼亚前总统和前总理，芬兰前外交部长和前文化部长，匈牙利前驻芬兰和爱沙尼亚大使，唯一的在职官员是欧洲议会外交委员会副主席托马斯·亨德里克·伊尔夫斯。半个月以后，声援签名的人数多达近万人，几乎来自全世界所有的民族。过去几年里，我曾多次应邀在此类公开信上签名，印象深刻的有，抗议美国政府的“哥伦比亚计划”，声援被独裁政府绑架儿子和媳妇的阿根廷诗人胡安·赫尔曼，就环境保护问题致函 G8 首脑会议，等等，但签名的人数之多和增长率之快都不及这一次。

信中谈到，过去的几个月里，马里共和国的马里族人受到了暴力攻击，当地政府对此视若无睹，没有采取任何制止行动，以至于让人感觉他们是这类不断升级的暴力攻击的同谋和支持者。信中特别提到，不久以前，马里作家、芬兰—乌戈尔语的 KUDO KODU 报主编弗拉基米尔·科兹洛夫和全俄马里人运动领袖梅尔·卡拉什遭受袭击，后者几乎送命，当局至今没有将凶手绳之以法。这封短促的信件最后指出，马里人民是芬兰—乌戈尔族的组成部分，他们是今年夏天即将召开的世界性的芬兰—乌戈尔语会议的东道主，因此现在已经到了莫斯科当局采取措施，结束发生在马里共和国的那种草菅人命的罪行的时候了。

事实上，这封公开信有着深刻的政治背景。根据拉米的介绍，以及外国通讯社的报道，这场暴力攻击来自于俄罗斯族的民族主义者。导火索是去年 12 月的共和国总统选举，最后马里族的候选人输给了俄罗斯族的候选人，他们拒不接受这一结果，认为俄罗斯人操纵了舆论，选举期间还发生了多起新闻记者遭袭击事件。如同不久以前的乌克兰总统选举一样，只不过基辅的反对派最终取得了胜利，而马里共和国的情况刚好相反，铁棍成了威胁和殴打的主要工具。过去几年里，有两名马里族新闻记者和一名印刷厂老板被活活打死，另有一千多名马里族公务员被政府解雇。马里人的语言和文化也遭到了围剿，电视台的马里语节目只剩下了新闻简报，而广播电台的马里语节目每天不足一个小时。

二　芬兰—乌戈尔语的语支

要分析马里人的处境，必须先了解芬兰—乌戈尔语，它是乌拉尔语系两个语族中较大的一个。另一个语族萨莫耶德语仅流行于西伯利亚的北部和西部，16 个语支中有 12 个现已消亡，另外两个语支使用人口不足一千，余下的两个语支中只有涅涅茨语有文献传世。到上个世纪末，涅涅茨人尚存三万，散落在从北冰洋的白海到外蒙古的萨彦岭之间的广大地区。相比之下，芬兰—乌戈尔语通行于一千多万人民之中，其范围东起西伯利亚的鄂毕河流域，西至斯堪的纳维亚半岛的西部，南到多瑙河的下游，遍及四个地理区域，即斯堪的纳维亚北部、西伯利亚、波罗的海和中欧，这是一片广大而相互不衔接的土地。操芬兰—乌戈尔语的各个民族在操日耳曼语、斯拉夫语、罗马尼亚语和突厥语的诸民族包围之中，形成了一块块飞地。

芬兰—乌戈尔语族的乌戈尔语支包括匈牙利语等三个分支，而芬兰语支则由五个分支组成，其中的波罗的——芬兰语分支包括芬兰语和爱沙尼亚语等八种语言，这两种语言和匈牙利语是芬兰—乌戈尔语族主要语言，分别构成所在国家的第一语言。它们与汉语有着共同的特点，就是姓在前名在后，这也是所有欧洲国家的民族语言中仅有的例外，至今匈牙利语（马扎尔语）仍通行于西伯利亚西部的某些地区，这成为后人考证他们的祖先来自东亚的蒙古草原的一个重要依据。芬兰语支的另外四个分支中有三个是单独的语言，其中之一就是马里语。马里语包含了突厥语的一些词汇。使用这种语言的人口大约有75万，其中有30万是在马里共和国境内，其余散布在周围的州或共和国。

由于分布的范围太广，语支过于庞杂，各自又在不同的历史时期与非乌拉尔语系的民族有过或多或少的接触，这在音位学上表现出繁多的形式变化，因此，现代的芬兰—乌戈尔诸语言很少有共同点。在语言学家看来，芬兰—乌戈尔诸语言唯一的显著特征也许是"元音和谐"了，即元音被分成两类或三类（前、后、中），但在同一个词内却不能并存，换句话说，只能有某一类的元音。此外，这些语言的后缀都使用了复杂的变格系统，甚至有单数、双数和复数的区别。而就借词来说，各个语支的情况就不一样了，例如，芬兰语多采用波罗的诸语言和德语、俄语的词汇，而匈牙利语则多吸收了突厥语、斯拉夫语、波斯语、拉丁语和罗曼语的词汇。

相比语言学上的疏远，芬兰—乌戈尔语各民族有着共同的创世传说，也就是所谓的"精灵造地"。这个神话说的是，上帝命令一个生物或一个精灵潜入太古时期的海水中，取来沙砾，他就用这个沙砾捏成了我们的地球。在宗教信仰方面，也有着很多相似点，例如人们的日常生活里表现出人神之间和人鬼之间的一种紧密关系。芬兰蒸汽浴的发明和流行就是其中的一个典型，在寒冷的湖边密室里，木柴燃红石块，然后泼水产生蒸汽，使人处身于烟雾缭绕的神秘境界。芬兰—乌戈尔人对于幻觉、嗅味尤其敏感，除了对神灵顶礼膜拜以外，每个家庭敬奉各自的祖灵，注重临终祈祷、丧事安排和遗体埋葬的各个环节，祭奠仪式包括一道烈焰熊熊的冥河，那预示着生与死的隔离。

三　伏尔加河流经的马里

虽然中文里的写法完全一致，操芬兰—乌戈尔语的马里人所在的马里(Mari)共和国与非洲撒哈拉沙漠西南操法语的马里(Mali)共和国却是毫不相干。后者是一个面积120多万平方公里(相当于西藏)、人口800多万(少于西藏)的穆斯林主权国家，绝大多数居民为黑人；前者的面积只有23000平方公里，不及后者的五十分之一，对俄罗斯这个大西瓜来说更只是芝麻大的一个小地方。但是，与东欧的一些前社会主义国家，例如马其顿、斯洛文尼亚或阿尔巴尼亚比较，却是相差无几，而比起因为敢于对抗俄罗斯而名声雀起的车臣共和国和不久前发生了震惊世界的别斯兰人质事件的北奥塞梯共和国来，马里的领土甚至多出了一倍和两倍。

从地图上看，马里共和国是下诺夫哥罗德和喀山之间的一小块土地，在莫斯科正东方向大约五百公里处。虽然，从莫斯科到海参崴的西伯利亚铁路线从南面绕过了马里共和国，但从莫斯科到北京或上海的航线却必须飞越这片土地。喀山是俄罗斯联邦第一大少数民族所在的鞑靼共和国的首府，而喀山大学则是莫斯科和圣彼德堡以外最有名的学府。19世纪，有三名伟大的俄罗斯人相隔三十多年就读于这所大学，其中列夫·托尔斯泰进入了东方语言系，列宁进入了法律系，但两人均未毕业。真正为这所大学带来学术声望的是数学家罗巴切夫斯基，他出生在下诺夫哥罗德，进入喀山大学数学系时年仅14岁，在托尔斯泰入学时早已经是校长了，他以率先创立非欧几何学名垂史册。

与鞑靼共和国在科学文化和教育领域所取得的显著成绩相比，小小的马里共和国就显得微不足道了。在一般的俄罗斯地图上，很难找到马里和它的首都约什卡尔奥拉，它在历史上甚至没有贡献或造就过一个文化名人。这个位于伏尔加河中游流域的共和国，地处多沼泽的平原，南部疆域以河流为界，冬季漫长，当北极气团侵入（正如西伯利亚冷空气南下中国）时可降至零下42度。到了春天，这条河流又会泛滥成灾。虽说也有机械制造和木材加工等工业，但总的来说经济落后，人民生活水平在俄罗斯的平均线之下。以木材加工业为例，被砍伐下来的木头先是沿着伏尔加河及其支流漂流，到达通往约什卡尔奥拉的铁路沿线的各锯木厂再捞上来，粗加工后运往首都，在那里制成家具、纸张、纸浆、酒精或松节油。

现在我们要谈谈伏尔加河这条欧洲最长的河流，她是俄罗斯的母亲河，长久以来在歌曲、传说和民族记忆里都是一个中心要素，这一象征意味甚至流传到了中国。无论列宾那幅遐迩闻名的油画《伏尔加纤夫》，还是那首脍炙人口的民歌《伏尔加船夫》，都在中国家喻户晓。有意思的是，伏尔加河从莫斯科西郊的瓦尔代丘陵发源以后，逐渐偏离了首都和繁华的地区。到了中游，她流经了三个少数民族的共和国，除了马里和鞑靼以外，还有人口仅次于鞑靼族和乌克兰族的楚瓦什共和国，这个共和国位于伏尔加河的右岸（南岸），与马里共和国隔河相望。马里人就这样寂寞地生活在俄罗斯族和其他分属不同语系的少数民族中间，幸亏有一些远方的芬兰—乌戈尔族亲戚的照应，其中芬兰已是世界上最富有的国家之一，而诺基亚（Nokia）也已成为流传最广泛的芬兰—乌戈尔语词汇。

四 多民族的俄罗斯联邦

在欧洲历史上，17世纪被认为是“路易十四的世纪”，而18世纪则是“普鲁士作为一个大国兴起的世纪”。随着西班牙势力的急遽衰退，英国和法国的权力在北美发生了冲突，并逐渐向着有利于英国的方向发展。此外，亚洲南部的印度半岛也落入了英国资产阶级之手。几乎是同时，还有一股欧洲的新势力对亚洲的北方进行了蚕食，那便是莫斯科的沙皇军队，这支军队通常由草原上英勇骁战的哥萨克士兵担任先锋部队，一直向东推进到白令海峡（进入阿拉斯加则雇佣了丹麦航海家白令）。按照英国作家韦尔斯的说法，俄罗斯向太平洋奔跑的一个理由是，蒙古帝国的落败比起伊比利亚民族来更快、更为彻底，个中的原因难以弄清，不过恐怕与气候的变化、难以确定的瘟疫的传播有关，也可能是受到了从中国传入的佛教所包含的慈悲为怀的理念的影响。

显而易见，俄罗斯成为世界上民族最多的国家之一，是与沙皇的扩张同步进行的。俄罗斯族本是东斯拉夫人的一个分支，起源于欧洲腹地的森林地带，在较长的一段时间里与外部世界隔绝，是一个单一民族的国家。直到16世纪中叶，伊凡四世成为首位“沙皇”时，俄罗斯还只是一个领土仅有两百多万平方公里的小帝国。此后的三个多世纪里，经过二十几代沙皇持续不断的武力扩张，先后兼并了外高加索、中亚、西伯利亚和远东等地区，征服了周边一百多个民族，最后形成了横跨欧亚大陆的庞大帝国。随着沙俄版图的不断扩张，生活在这一广袤空间的原住民与俄罗斯人之间不得不更加频繁地往来和相互交融，但却远远没有被同化。十月革命以后，这份拼盘式的遗产就被列宁的苏维埃继承下来了。

等到了上个世纪90年代初，前苏联解体，15个加盟共和国相继获得了独立，俄罗斯联邦仍拥有160大小民族，几乎是中国的三倍，而它的总人口却只有我们的九分之一，再考虑到幅员的辽阔和经济的落后，故而民族问题十分突出。根据全俄舆论情报研究中心等民意机构的调查，在莫斯科接受采访的居民中，认为族际关系稳定的由苏联解体之初的三分之一下降到最近的二十分之一。而引发族际矛盾和冲突的主要原因依次有：居民的物质保障程度低，社会经济总体形势糟糕，城市居民族际文化和传统的差异，各种民族团体和机构的影响，以及媒体报道的负面效应。目前，在所有89个联邦实体（直辖市、州、自治共和国和边疆区）中，最令莫斯科当局头疼的恐怕要数大高加索山北麓的车臣共和国了。

车臣共和国的主要居民是车臣人，此外，还有少量的俄罗斯人和印古什人，除俄罗斯人信仰东正教以外，其余皆为穆斯林。作为北高加索人的一支，车臣人与其南面的格鲁吉亚族人均属于高加索民族。由于地处边远山地，加上语言和宗教信仰不同，车臣人和其他高加索民族在传统上是独立的，他们长期抗拒俄罗斯的征服，尤其是19世纪以来，两个民族之间的冲突一直没有停止过，托尔斯泰的小说《哥萨克》就是以此为背景展开的。在斯大林时代，车臣人甚至被强制流放到了中亚，直到赫鲁晓夫上台后才被准许返回家园。而随着苏联的解体，车臣人要求独立的呼声日渐高涨，终于爆发了旷日持久的车臣战争。如今，高加索人尤其是车臣人，已成为俄罗斯民众最不喜欢的民族，以莫斯科人为例，四成居民表示他们厌恶高加索人，而认为对高加索人应保持高度警惕的占到了九成。

五　去年夏天的两次漫游

去年夏天，我在地中海边的贝鲁特参加了一次学术会议以后，应邀来到了德黑兰，在伊朗北部的赞詹作了一场数学演讲，乘机把这个伊斯兰共和国游历了一番，最后在里海之滨的小城恩泽利小住，那里是瑞典探险家斯文·赫定初访波斯和美索不达米亚时抵达的地方。里海又称卡斯比亚海，是世界上最大的湖泊，面积达 37 万平方公里，相当于 80 个青海湖或 170 个太湖。除了伊朗以外，它还与土库曼斯坦、哈萨克斯坦、俄罗斯和阿塞拜疆接壤，同时接纳了三支著名的河流：伏尔加河、乌拉尔河和捷列克河。里海是一个咸水湖，我曾在恩利克下水畅游，并在木制的栈桥上向北方遥望，那里有一座令我向往的城市，即位于伏尔加河入海处的阿斯特拉罕。

在绵延了三千五百多公里后，欧洲第一长河——伏尔加河注入了里海，成为名副其实的内流河，其广阔的流域容纳了俄罗斯的绝大部分人口，加上她在国民经济中的重要性，使其在世界河流中十分罕见，大概唯有埃及的尼罗河可以与之媲美。一个多月以后，我复又返回到地中海边，并在巴尔干半岛的两次文学节间隙，经由伊斯坦布尔飞往外高加索，在阿塞拜疆、格鲁吉亚和亚美尼亚漫游。在巴库，我再次亲近了里海，住在湖滨的阿塞拜疆大饭店里，可以看到当年阿尔弗雷德·诺贝尔持有股份并大发洋财的巴库油田的井架（如果不是在里海湖底发现石油，诺贝尔奖的奖金恐怕要减少一半，甚至不复存在）。比起恩泽利来，巴库离阿斯特拉罕更近，但我仍有两个问题始终没有弄明白,为何接纳了三支清澈河流的里海的水会是咸的呢？那些水流最后又都到哪儿去了呢？

离开巴库以后,我乘火车沿着半圆形的铁路线到达格鲁吉亚的首都——第比利斯,那也是南高加索人最大的聚集地。巧合的是,就在我抵达第比利斯的那天早上,两百公里外大高加索山北麓的北奥塞梯共和国发生了震惊世界的别斯兰人质事件。可是,我获得这个消息已经是第二天下午了,当我乘坐长途汽车抵达亚美尼亚首都埃里温的友人家时,五千多米高的大阿勒山雪白的顶峰如画般映在窗外,那是传说中诺亚方舟停留的地方,亚美尼亚人因此自以为是世界第一人种,而客厅的电视画面里充满了恐怖气氛。三十多名分离主义分子绑架了别斯兰第一学校的一千多名师生,他们的唯一要求是车臣独立。不久,邻接北奥塞梯的车臣反政府武装领导人巴沙耶夫宣称对这起绑架事件负责。而普京总统已无暇顾及国际舆论的反对,断然下令武装部队解救人质,结果导致三百多人丧命,死者多数是学生。

两天以后,我复又返回格鲁吉亚,来到斯大林的出生地哥里,那里离旅行者的禁区、南奥塞梯的首府茨瓦欣利仅40公里。在斯大林博物馆,工作人员一面强行向我兜售纪念品,一面抱怨斯大林对故乡人民缺乏感情。在历史上,格鲁吉亚和俄罗斯的关系一直比较微妙。18世纪后半叶双方签订了协约,俄罗斯充当起保护国角色,但当波斯人入侵格鲁吉亚时却袖手旁观。之后,两国关系一直在庇护和被庇护、占领和被占领之间变化不定。而在格鲁吉亚和乌克兰的颜色革命以后,吉尔吉斯和白俄罗斯新近又出现了政权动荡。相比之下,马里共和国由于离莫斯科较近,地势平坦,境内俄罗斯人又略占多数,尚不曾有脱离联邦的可能性。即便因为有选举黑幕、种族歧视和践踏人权而受到国际舆论的压力，也没有一个主权国家的现任官员出来谴责或表态。尽管如此，我们还是可以从中推想，在族际关系极不稳定的情况下，俄罗斯目前的经济改革必然是举步维艰，发展前景不容乐观。

2005 年 3 月，杭州

欧几里得的海啸

一　屋顶上的船只

初次看到印度洋发生海啸的新闻，我头脑里迅即浮现出一幅画面：一艘大船停泊在屋顶上。那是儿时在一份科学画报上看到的，隐约记得是智利近海的一次大地震引发的海啸，竟然横扫了整个太平洋来到日本国的本洲沿海，把万里之外横滨港的一艘大船推到了岸边的屋顶上。至于具体时间早就忘了，通过互联网查询，才知道那事发生在1960年5月，我还没出生呢。据说日本是遭受海啸袭击最频繁的国家，怪不得西方文字里海啸一词tsunami来源于日文。

可以毫不夸张地说，如果我当时处身印度洋的某个海滨，看到高高的浪潮从远处涌来，一定会憋足劲往背离海岸的方向奔跑，也绝不会像普吉岛上的游客那样，看见海浪退缩两百多米（这是由于海啸的波谷先抵达海岸的缘故），仍然好奇心十足地站在岸上观望。我成年以后，不再阅读科学画报之类的杂志，虽有《数字和玫瑰》这样的作品问世，却不愿被人称做科普作家，今日倒愿意借此机会，向那些真正的科普作家表示敬意！

年轻的时候，我曾十多次乘船在渤海、黄海、东海、南海和台湾海峡上漂游，也写过不少与大海有关的诗歌，包括给父亲的一首悼亡诗

《在大海之上》，另外一首《古之裸》（后用作西班牙文版诗集的标题）里有这样两行：

……，她撕破内衣
露出了骇人的乳房

这诗写的是大海的险恶，是我对一次海上风暴的回忆。

那以后，我便孜孜不倦地实践着世界之旅，足迹遍及五大洲三大洋（唯缺北冰洋），以及隶属这些大洋的难以计数的海，从最大的阿拉伯海到最小的马尔马拉海。还见过一些与这三大洋几乎隔离的海，如红海、黑海和地中海所属的子海，有的甚至与任何大洋都不连通，如死海和里海。巧合的是，我在最近一次穿越印度洋的旅行中，正好飞过了苏门答腊岛和此番印度洋地震的震中位置，那是从吉隆坡到南非约翰内斯堡途中。

二　通往麦加的门户

这次海啸造成的生命财产损失为历史罕见，至少两个世纪以来首屈一指，范围之广遍及北印度洋周边的十几个国家和地区。又因为正值圣诞假期，伤亡人员的国籍多达数十个，犹以印度尼西亚的亚齐特区最为惨重。已经证实的死亡人数超过了十万，如果把亚齐南部小镇米拉务、打巴端和近海的锡默卢岛上失踪的居民计算在内，则可能达到四五十万，这是个惊天动地的数字。有一张来历不明的照片尤其震撼人心：一处沙滩边上漂满了臃肿的尸体，夹杂在长条的木片和花格的救生垫之间。

亚齐人属马来族，不怕炎热，喜欢居住在低洼之地，并以骁勇善战著称，先是在马六甲海峡与葡萄牙人作战，结果以葡萄牙的舰队战败告终，之后荷兰人和英国人试图在此建立贸易点，均未取得成功。最后，在与荷兰军队长达25年的战争（史称"亚齐战争"）中战败，苏丹遭到放逐，但在荷兰殖民统治结束之前，亚齐从未平静过。即便是在印尼独立以后，亚齐置于雅加达领导之下，此地民众仍旧骚动不安，不时发生公开暴动现象，分离主义活动十分猖獗。

作为亚齐特区的首府，班达亚齐是印尼穆斯林最集中的地方，17世纪它曾是亚齐苏丹国的首府。班达亚齐位于苏门答腊岛的西北端。卫星图片显示，昔日景色优美的海滨居民区已被地震和海啸摧残得面目全非。在历史上，班达亚齐曾是佛教和印度教传入苏门答腊和爪哇的桥头堡（如今印度教徒只居住在爪哇东面的巴厘小岛），后来又成为去朝圣的伊斯兰信徒前往麦加的中转站。

在印尼地震和海啸发生以后，全世界不同信仰的人民和政府表现出前所未有的热情和合作精神，包括朝鲜这样贫穷落后的国家也伸出了援助之手。尤其是西方诸强，美国国务卿鲍威尔率先前往灾区慰问，英国则是捐献财物最积极的国家，考虑到印尼是穆斯林最多的国家，这不失为英美两国在发动了不得人心的伊拉克战争之后，与穆斯林国家修补关系甚或赎罪的一次良机。同时通过这次灾难，美国人也从9·11的打击中获得了另一种意义上的宽慰。

三　苏门答腊以东

"苏门答腊"在印度梵语里的原意是"海之岛"，这与"印度尼西亚”在希腊语里的原意“海之国”几乎一致。设想一下，假如这次八点九级的大地震不是发生在苏门答腊岛以西，而是发生在这座岛屿以东的近海（正好处在悉尼到新加坡的航线上），假如也会引发同样强度的海啸，那么它的后果会是什么呢？这就像是一次欧氏几何的反对称变换，它带给世界、带给我们的将会是什么呢？

首先，我可以推测，包括雅加达在内的爪哇岛——世界上人口最稠密的地方——将遭受灭顶之灾，死亡人数会成倍地攀升。其次，东南亚地区最民主也最富庶、政体最接近西方发达国家的新加坡有可能从地球上消失。然后是南中国海南部、泰国湾和爪哇海的周边国家，包括马来西亚、泰国（东部）、越南、柬埔寨、菲律宾、文莱和东帝汶等国的部分地区将祸从天降，而印度、斯里兰卡、孟加拉国、缅甸、泰国（西部）、马尔代夫和东非等印度洋周边国家将免受其难。

接着，海啸会横扫南中国海的诸多岛屿，包括南沙、西沙、中沙群岛和曾母暗沙都将会没入水中，从此以后，中国既失去了一小片土地，同时也自动消除了长期以来与越南、菲律宾和马来西亚等国因为领土之争而产生的隔阂。我曾在一次从新加坡到日本福冈的旅途中穿越了这片水域，为它墨绿色的海水颜色之深感到惊奇，同时发现它周围拥有的国家和地区之多在世界范围内仅次于地中海和加勒比海。

如果有人把这个设想写成一部科幻小说，我不排除它会被改编成电影并迅速红遍世界甚至票房超过《泰坦尼克号》的可能性。在这部小说里，会有一章专门描写香港的毁灭，那会成为人类历史上最悲惨的一页。而在电影里，唯有成龙这样一个武艺高强的勇士最后依靠一艘类似于行驶在维多利亚港与蛇口之间的气垫船，逃出海啸引来的洪水包围，却没能救出一个哪怕像张曼玉那样演过不少侠客角色的优伶。

最后,海啸是否会到达甚或穿过台湾海峡,使两岸关系进入一个崭新的历史时期,甚至无意中使得中国在分裂多年以后再次获得统一? 这就要看它的造化了。由于海啸水波速度的平方等于重力加速度和水深的乘积,它快速通过南中国海是完全可能的。总而言之,我们应该感到庆幸,海啸的发生并没有满足欧氏几何的对称原理,同时我也期望着不久的将来,有人能够捉笔撰写这样一部警世的科幻小说。

在河流之间

一

上个世纪40年代,当第二次世界大战进行到最激烈最残酷阶段之际,处身于巴西这块宁静土地上的奥地利作家斯蒂芬·茨威格预言:拉丁美洲是属于未来的大陆。六十多年过去了,这一预言没有丝毫应验的迹象,与此同时,在茨威格夫妇双双自杀身亡以后,拉丁美洲却贡献出了无比美妙的文学,涌现了以豪·路·博尔赫斯为首的一批文学巨匠。博尔赫斯的祖先来自阿根廷的两河流域——巴拉那河和乌拉圭河之间的一片潮湿的土地,即恩特雷里奥斯(Entre Rios),西班牙语里的意思是:在河流之间。

这个名字令我想起遥远的中东,在幼发拉底河和底格里斯河之间的那片属于往昔的土地——美索不达米亚(Mesopotamia),希腊语里的意思也正是:在河流之间。有意思的是,美洲大陆的发现者——西班牙人——曾经被美索不达米亚的统治者阿拔斯王朝奴役过,先后长达数个世纪。阿拔斯是伊斯兰教历史上最悠久最负盛名的王朝,它的都城便是底格里斯河畔今日世界瞩目的中心、伊拉克共和国的首都——巴格达,那里曾经是一座“举世无匹的城市”。

在远古时代,从巴格达向南直到波斯湾的两河之间的那片土地,是人类第一个文明的发祥地，那里水源充沛、阳光明媚，丰收年年都有保障。希腊历史学家希罗多德在《历史》一书里写到，在美索不达米亚，小麦收成两百倍于种子。古罗马作家兼海军司令普林尼在其百科全书式的著作《自然史》里记载，美索不达米亚的棕榈树异常茂盛，水果种类繁多，小麦一年两熟，之后还能长出上好的饲料喂羊。因此，游牧民族来到这个地方，常常不知不觉地居住下来。

他们世世代代繁衍，凭借自己人数众多，避免了遭受突然袭击的危险。尽管如此，与另一个文明古国埃及相比，后者南面只居住着少量的黑人，东西又有沙漠和海洋构成天然屏障，美索不达米亚更容易腹背受敌，因此文明经常被中断或更替。在阿拉伯人占领以前，两河流域曾经三度领先于世界，先是公元前五千年到前两千年的苏美尔文明，接着是公元前两千年到前一千年的巴比伦尼亚文明和公元前七世纪到前六世纪的新巴比伦王国。

苏美尔人创造了最古老的书面语言，他们以楔形文字书写，这是一种与任何已知语言都没有语系关联的语言，出现在公元前三千多年的美索不达米亚南部，其主要笔划为后来的巴比伦人、亚述人和波斯人所沿用。苏美尔人还制造出最早的轮车、帆船、耕犁和第一部法典，并率先建立了一批城邦，影响了整个中东和希腊文明。每个城邦都拥有一个围墙环绕起来的城市，城郊是村庄和土地，它们各自奉祀自己的神祇，并以一个神庙为城市的中心。大约在公元前 2700 年，那里还出现了第一个有记载的历史人物——基什城邦的国王恩米巴拉格西。

巴比伦是古代巴比伦尼亚王国的都城，其遗址在今幼发拉底河畔，巴格达以南约九十公里处，疆域包括亚述（今伊拉克北部）在内。巴比伦第六代国王汉谟拉比积极倡导科学，奖励学术，此一时期产生了陶器制品和楔形文字的泥版书，发明了度数的六十进制、天文上的黄道十二宫，并把一昼夜分为二十四小时，同时颁布了著名的《汉谟拉比法典》。而新巴比伦王国则一度征服了叙利亚和巴勒斯坦，洗劫了犹太王国和耶路撒冷。国王尼布甲尼撒还大兴土木，修筑了奇异的空中花园，这是他献给爱妻的礼物。据公元前五世纪的希腊旅行家描述，空中花园高26米，每一层都栽有树木、花草，非常壮观。

二

公元前331年，驰骋天下的马其顿国王亚历山大大帝从波斯人手中夺取了巴比伦尼亚，他滞留巴比伦，有一天酩酊大醉以后，突然发烧、病倒，死在了尼布甲尼撒的宫中，年仅33岁。他的早逝使得从巴尔干一直延伸到印度旁遮普的庞大帝国一分为三，同时也使得蓄谋已久的入侵阿拉伯半岛的计划无法实施。这给了那个世界上最大的游牧民族将近一千年的和平时间，足以产生出一位强有力的政治领袖——穆罕默德。公元637年，阿拉伯人以真主安拉的名义占领了美索不达米亚。

被伊斯兰信徒奉为先知的穆罕默德于公元570年出生在邻近红海的麦加，从小就成为孤儿，没有受过什么教育，成年以后，他娶了一位富人的遗孀，经济状况得以明显改善。40岁那年，他确信安拉选择他作为使者，在世间传教。伊斯兰教是一种可理解的宗教，以主张仁慈、兄弟情谊和关心日常生活为主要美德，特别适合于在沙漠地带那种艰苦的地方传播。穆罕默德逐渐有了信徒，后来他被迫转移到麦地那，在那里伊斯兰教力量迅速壮大，不久即率领军队攻克麦加，当他去世的时候，整个阿拉伯半岛已经大体被统一。

阿拉伯半岛犹如一个厚厚的楔子，安插在最古老的两大文明发源地——埃及和美索不达米亚之间。当穆斯林的力量足够强大，便与历史上所有的帝国一样，开始了远征和扩张。先是向北挑衅波斯帝国，经过卓绝的战斗，扫平了美索不达米亚、叙利亚和巴勒斯坦，然后向东到达印度。接着又向西，从拜占廷手中夺取了埃及，横扫北非，直达大西洋，再向北穿越直布罗陀海峡，占领了西班牙。迄今为止，这可能是疆域最为广阔的一个帝国，所不同的是，阿拉伯人自以为是以真主的名义进行圣战，他们每到一处，便不遗余力地传播伊斯兰教。

或许是帝国过于庞大、种族过于繁杂，当阿拔斯王朝登上历史舞台以后，哈里发不再掌握海上霸权，西班牙、北非也逐渐脱离，成立了几个独立的穆斯林邦国，伊斯兰教的重心从叙利亚的大马士革移到了美索不达米亚的巴格达。阿拔斯本是穆罕默德的一位叔父，当伍麦叶王朝忙于征战北非和西班牙的时候，他的族人着手控制帝国内部，通过巧妙的宣传，获得了包括波斯人在内的民众支持，篡权成功。虽然这个王朝维持了五百年后终于瓦解，可是直到上个世纪，仍有姓阿拔斯的人为我们所知，例如，阿尔及利亚的开国元勋，巴勒斯坦的现任总理，当代一位伊朗电影导演，等等。

三

在阿拔斯王朝统治时期，政府机构中首次出现了大臣（实为首相）、法官和司令的官职，伊斯兰教的每周聚礼日（星期五）也得以确立。当苏曼尔成为哈里发后，他选择底格里斯河畔的巴格达作为新都，那里原来是一个古老的村落。苏曼尔现为巴格达市中心的一个区名，就是在美英联军兵临城下之际，萨达姆·侯赛因最后一次露面引得群众欢呼雀跃的那条街道所在的地方。建都不到半个世纪，巴格达便从一个荒芜的村庄发展成为一个拥有惊人的财富的国际大都会，当时唯有拜占廷的君士坦丁堡可以和它抗衡。

巴格达的繁华，是随着伊拉克全国的富庶而与日俱增的，并且在九世纪的时候达到了高潮。当时医生、律师、教帅和作家的地位已经非常显著，仅书店就有一百余家。这座城市海拔不高，适合于做一个航运中心，沿底格里斯河停泊着数百艘船只，有战舰和游艇，有中国的大船，还有本地的羊皮筏子，它们从上游的摩苏尔顺流漂来，向下可以直达阿拉伯河西岸的巴士拉。市场里既有埃及的大米、小麦，叙利亚的玻璃、五金，阿拉比亚的锦缎、武器，波斯的香水、蔬菜，也有中国的瓷器、丝绸和麝香，印度和马来群岛的香料、矿物和染料，中亚细亚和突厥的红宝石、纺织品，俄罗斯和北欧的蜂蜜、黄蜡和毛皮，东非的象牙和金粉，以及各种肤色的奴隶。

苏曼尔建造了一个圆形的团城，其中皇宫及其附属建筑就占了三分之一。富丽堂皇的引见厅里，从地毯、褥垫到帐幔都是东方最优质的产品。当苏曼尔的孙子哈伦成为哈里发时，巴格达的繁华达到了顶峰。据说他的桌子上只准摆设金银器皿和镶嵌着宝石的用具。他的一个妻子开创了用宝石点缀鞋子的先例，一次她去朝觐天房的时候，下令把二十五英里以外的一股泉水引到麦加。另一个妻子因为额头有块小疤，发明了用宝石点缀的头带，这类饰物后来用她的名字命名，至今仍被追求时髦的女性所佩带。

阿拔斯王朝的科学深受希腊的影响，正如埃及人发明了几何学，阿拉伯人创立了代数学。在文化领域则主要受波斯的熏陶，以十世纪中叶完成的传奇故事集《一千零一夜》为其最高成就。而在语言方面，由于阿拉伯语的优美，同时它又是《古兰经》的语言，所以得以继续传播，波斯人和北非人很快学会了这种语言，阿拉伯语最终变成了普通话，其使用范围之广仅次于伊斯兰教。阿拉伯文化也不再是纯阿拉伯种人的文化，而是吸收了波斯文化和希腊化的埃及文化后的一种多元文化。

1258 年，正当吸收了阿拉伯文明的西方在度过了中世纪的黑暗时代后，开始出现复兴迹象的时候，蒙古征服者旭烈兀（成吉思汗的孙子）横行于两河流域，将巴格达夷为平地，屠杀了数十万人，包括末代哈里发及其眷属，阿拔斯王朝灭亡了。巴格达满街遍巷的尸体，发出了极端的恶臭，旭烈兀只好撤出城去，几天以后，再重新进驻。据说旭烈兀兵临城下之际，曾发出最后通牒，要求哈里发投降，并且自动拆毁首都的外城，但被支支吾吾地拒绝。美索不达米亚从此走向了衰微，可是，幼发拉底河和底格里斯河依然日夜不停地流淌着。

2003 年 4 月 19 日，杭州

浸淫在地图的世界里

——从文字到图像的历程

对大多数人来说，查阅地图的机会并不多，使用地图的场所仅限于旅途和书斋，制作地图的工艺流程高深莫测。可是，《地图的力量》一书的作者丹尼斯·伍德却声称，“每个人都可以制作地图”，这一格言式的标题鼓舞人心，至少它把地图与大众的距离拉近了。更为诱人的是，“地图构建世界，而非复制世界”，这句话让一部分与地图打交道的人心领神会。地图，尤其是地图册，易于保存，比别的日常用品经久耐用，但质量低劣缺乏个性的地图会被废弃。长期以来，人们习惯于把地图看做镜子，是真实世界某个层面的图像再现，伍德先生对此深怀不满，他提出了质疑：“这种态度成就了什么？”“地图使过去和未来显形。”

对于自幼酷爱旅行的人来说，地图很容易成为启蒙老师和求知欲望的源泉。大约从10岁开始，每次旅行之后，我都要按比例制作一幅旅行图，10岁以前的旅行则依据母亲的回忆绘成，算起来已有二十多年了，这也是我旅行归来最乐意做的一件事，甚至成为我喜欢旅行的一个原因。我的过去就这样寄存起来了，我甚至相信将来有一天，会有一册属于自己的旅行图集问世，这宛如一个孩子的梦想，“地图使我们的生活成为可能”！除此以外，伍德先生还让我明白，地图的历史和制作远没有我想象的那样浪漫，它的功能和用途也比我所知道的更加广泛。

第一个较为准确地绘制出世界地图的人大概是古希腊的埃拉托色尼，他出生在地中海南岸的普兰尼加（今利比亚的拜尔盖），生活的年代是公元前三世纪。埃拉托色尼生前就有“柏拉图第二”的美誉，但他无疑更多才多艺，是一位杰出的诗人、哲学家、历史学家、天文学家和五项全能运动员，并有一部12卷的《古代喜剧史》传世。埃拉托色尼早年留学雅典，后来被托勒玫三世延聘到埃及，担任著名的亚历山大图书馆馆长，80岁时因双目失明绝食身亡。埃拉托色尼在数学方面的主要成就是创立了筛法，这个方法及其推广至今仍被数论学家采用，尤其是在哥德巴赫猜想的研究中不可缺少。

作为一名地理学家，埃拉托色尼率先划分出地球的五个气候地带，这种划分一直沿用至令。他测定的地球周长为39600公里，误差不到200公里，而与他同时代的大数学家阿基米德计算的结果却为60000公里。这个数据无疑为埃拉托色尼精确地绘制地图提供了必要条件。可是在古典时代，人们对地图始终持怀疑态度，主要是因为对未知世界不甚了解。埃拉托色尼最有实用价值的工作是，他在分析比较了大西洋和印度洋潮水涨落的情况后，断定它们是相通的，也就是说，人们可以从海上绕过非洲。15世纪末，葡萄牙人达·伽马正是坚信这个理论，成功地从水路到达印度，从而揭开了地理大发现的序幕。

在埃拉托色尼去世二百年后，还是在那座亚历山大城里，有一位佚名的商人写作了一部奇书《厄立特尼亚航海记》，书中写道：“经过印度东海岸之后，如果一直向东行驶，那么右边是大洋，左边可以到达恒河及其附近的一片地区——金洲，那是沿途所经各地中最东的地方。恒河是印度所有江河中最大的一条，其潮涨潮落的情况与尼罗河相同，这一地区有金矿以及一种被称作卡尔蒂斯的金币。”厄立特尼亚是新近从埃塞俄比亚独立出来的小国，在古希腊人眼里，则泛指印度洋及其周围的海域。这是西方记录印度有黄金最早的文献之一，它出现在哥伦布发现新大陆以前一千三百多年，其重要性不言自明。

不难发现，虽然达·伽马和哥伦布这两位大航海家的国籍和雇主不尽相同，但他们都受到了“文字式地图”的激励，并分享了其他文明的果实。而在遥远的东方，有着悠久历史的中国文明，却相对孤立地发展着，既缺乏绘制地图的先驱，又没有相应的文字可资借鉴。几位早期的跨国旅行家法显、玄奘和鉴真均是佛门弟子，他们冒险的动力显然来自另一个世界；至于航程比哥伦布远得多的明朝太监郑和，也只能沿着已知的海岸小心翼翼地前进。这些人的勇气固然可嘉，但由于自身的原因，我们不能指望他们留下旅行日记或地图，法显没有给玄奘提供参照的经验，玄奘自己在天竺的路线也不可考，更谈不上产生深刻的社会影响了。

16世纪后期，随着整个世界面貌的凸现，比利时出生的荷兰地理学家麦卡托发明了相互直交的经纬线，进而创造了所谓的“麦卡托投影法”应用于地图的绘制，并印制出最早的一本地图册。麦氏投影法虽说能够保持原来的形状，却会扭曲面积的比例，尤其是靠近北极的地方，阿拉斯加的面积只有巴西的五分之一，从地图上看却相差无几，这个问题至今没有获得圆满的解决。后来，德国历史学家彼得斯又创造了“等面积投影法”，这实际上不过是另一种几何变换，在依此绘制的地图上，我们赖以生存的世界被拉长了，就像放浪不羁的意大利画家莫迪利阿尼笔下的那些妇女肖像。

直交经纬线居然在直角坐标系之前出现，这一点让我感到惊讶。正是凭借着后一项发明，法国人笛卡尔创立了解析几何学，从而把数学乃至整个科学带入一个新时代。人类对地图的认识有一个漫长曲折的过程，地图的应用使得世界范围的贸易成为可能，文明的进程因此前进了一大步，正如伍德先生的另一句话所暗示的："有些社会比其他社会发展得好。"麦卡托还制造出第一批地球模型，其中两只被沉湎于巫术的英国青年迪伊带回伦敦，他当时不满20岁，后来成为有名的数学家和天文学家。迪伊为欧几里德《几何原本》的英文版写过一篇为人称道的序言，他也是哥白尼"日心说"最早的鼓吹者。

可是，"地图本身不会成长或发展"，我们也许会在地图上作笔记，标出路线、休息处或目的地，以强化它的功能，但这事不经常发生。文字不可能被图像取代。以荷马史诗为例，虽然三千年前的故事叙述得有声有色，但学者们都觉得，那多半是幻想出来的英雄神话。然而，德国商人舍里曼却读《伊利亚特》入了迷，猜测诗中描述的那场为争夺美女海伦爆发的特洛伊战争确有其事。1870年，舍里曼开始在爱琴海两岸挖掘探宝，结果找到了"阿伽门农的面具"，由此进入了考古学的黄金时代。这个故事帮助我们更好地理解了地图，绘制者在其中存放意图，阅读者也可以取其所需，文字和图像达成了共识。

正当我陶醉于书中所写的那些有关地图的神话和符号，伍德先生又发出了警告："利益的气味在人们鼻孔前挥之不去。"在意大利都灵市的 座图书馆里，收藏着一幅中世纪的地图，制作者把自己内心的偏见、隐私、欲望、好奇、聪明和学识呈现其中；而在一幅由超现实主义者绘制的地图里，美国被消除掉了，太平洋中用西班牙语标示的复活节岛被夸张到与整个欧洲一般大（结果这伙人抵达新大陆后受到联邦调查局的严密监控);即便是根据人造卫星拍摄的照片合成的世界地图(表面上像点彩派画家修拉的作品),也存在把某个国家或地区放置中央的选择可能性。

麦卡托的地球模型以赤道为中心,北极几乎变成了一条线,但确保等角航线不会弯曲,因而受到了航海家们的青睐。从外观上看,麦氏模型与今天的地球仪颇为接近,这使我联想到智利诗人聂鲁达。这位火车司机的儿子从小渴望着能够周游世界,23岁那年的一天,他径自闯入外交部长的办公室索取一份领事职务,获得了成功。当决定任命的去所时,聂鲁达转动桌上的地球仪,选择了圣地亚哥背面的小洞——仰光,而在此之前,他既没有外交工作的经验,又不懂缅甸的语言。这似乎可以看做是“地图的力量”的一种表现,然而丹尼斯·伍德却认为,“地图所服务的利益隐而不显”。

回到本文开头引用的那句话,“每个人都可以制作地图”,伍德先生为了说明自己的论点,描绘了自己家庭的生活场景。有一次他12岁的小儿子应老师的要求,在家制作两幅法国地图,一幅是行政区、首府及主要河流图,另一幅是塞纳河沿岸的风景名胜图。伍德夫妇为了引导孩子,亲自参与玩猜图游戏,全家一共画了九幅地图,不仅如此,他还趁热打铁让孩子们在阅读报刊杂志、准备行囊或玩冒险游戏时也打开地图。比较于我们的教育方式,家长们喜欢把孩子送去学习绘画、弹琴、跳舞、游泳,却从不鼓励他们动手制作地图,这是一件足不出户也能办到的事情,对开发智商和想象力大有益处。

本世纪初,福特公司在推销T型汽车的同时,提出了“让每个人都拥有汽车”的口号,这个目标已经在美国实现。在中国,如果我是地图出版社的编辑,会不遗余力地倡导“让每个人都拥有地图册”。

要做到这一点，伍德先生的下列言论对读者或许富有煽动力："一种地图用途，多种生活方式"，"每幅地图都有作者、主体和主题"。去年夏天，我在罗马的纳沃那广场被贝尼尼的雕刻《拉普拉塔河》吸引，此河哺育了两座神秘的城市：布宜诺斯艾利斯和蒙得维的亚。博尔赫斯曾在一首九行诗里同时提及她们。我毫不怀疑，这首诗有一天会把我带到它的故乡，正如一幅北非地图把我带到了突尼西亚。

2000年春节，杭州

注：此文为美国学者丹尼斯·伍德《地图的力量》中文版所作的序言，该书已于2000年5月由中国社会科学出版社出版。

在天国旅行

一头狮子的相互噬咬

——朱朱的诗

向未知的深处探索以寻求新的事物

——查理·波德莱尔

一

诗人朱朱的内心存在着某种冲突，犹如一头狮子的两个侧面：慵倦和敏捷。如果你在中午时分给他打电话，你听到的是一个犹在梦中的声音；而如果你在黄昏时分见到他，他极有可能驰骋在绿荫场上。四年前的那个春天，我们在南京第一次见面，我像他的其他一些朋友一样，被带到南京东郊一座大学的操场，一种符合他经济能力的款待。那是一个七对七或八对八的小场地，我们分别司职左右前锋，合力往对方球门灌进了十几个球。我对他不倦的奔跑，熟练的脚法和果断的射门印象深刻。

朱朱的敏捷赋予他一种简洁的方式，他看似单薄的躯体具有超常的爆发力，这使他在处理一些坚硬、发光的材料时显得游刃有余，如同保尔·瓦莱里所说的："一种魔力或一块水晶的某种自然的东西被粉碎或劈开了。"事实上，写作对于诗人来说始终是一种词语的实验，在这个过程中，不知不觉地诞生了一些全新的东西：

突然，他就转过了涨红的烙铁的脸！
那张要将我们赶进地狱与荒岛的脸。
一旦说对了，
舌头就是割下的麦子。
——《秋夜》

在这首诗的最后一行，朱朱作了一个巧妙的隐喻，“舌头”作为主体与它的比喻式代用词“割下的麦子”作了替换，这种相似性的联想方式符合罗曼·雅可布森提出的具有普遍意义的语言学概念——等值原则，在朱朱的诗歌里俯拾即是。

朱朱的慵倦或惰性促使他缓慢地思考问题，表现在谈话上是一种时间上的滞后，这无意中收到了逼迫对方注意倾听的效果；表现在文字上则让他得以比较从容地控制语言的节奏，进而获得一种抽象的特质。朱朱的许多诗歌像亨利·摩尔的雕塑一样，发挥了形式的深奥的潜力，借以表达情感的状态和品质。不同的是，他的诗歌主题大多不是人物，而是风景和小动物，《蚂蚁》，《灯蛾》和《睡眠，我的小蜘蛛》是其中的典型例子。而在下面这首诗中，褐鸟的眼睛和鱼以不同的方式进入了琴房，似乎领略到了事物和人性的本质：

犹如一双褐鸟的眼睛
照亮山丘，

犹如白色夏天的鱼涌进岩石

女友在里边已敞开琴房。

——《琴房》

与此同时，也正由于朱朱拥有充裕的时间，使他对词语精挑细练，这几乎在每一首诗中都有所体现，例如，“骑自行车的男孩，树影抽打着他的脸”（《幻影》），“报纸的阴影落向餐桌”（《克制的，太克制的》），“中午在青藤中/懒洋洋地卷曲”（《琴房》），“它（太阳）也在音乐里漂浮/像一层厚厚的脂肪”（《舞会》）。正如诗人宋琳在一篇评论中所指出的，朱朱比同代诗人更懂得节制，他用“绮靡”和“轻逸”两个词来刻画这种诗歌。

二

如何把两种截然相反的品质——缓慢和敏捷——有机地融合在一起，这需要诗性的智慧的引导。对朱朱来说，他采用的手段之一是拼贴，这既是任何优秀的现代艺术家都必须掌握的技艺，也是现代神话的绝妙的不可替代的隐身术。朱朱比较擅长的是把一件抽象的事物镶嵌到一个真实的画面中，例如：

多刺的骄阳啊，

蘸满紫色的毒汁，

扫过我们的脸。

——《秋日》

朱朱的诗歌，就像他的内心一样，大部分时候处于高度警觉的状态中。当他开始写作，中国诗歌和读者短暂的蜜月已经结束，他注定要面对大众视线的转移，面对前所未有的物质和精神压力。因此偶尔，外表谨慎的朱朱也会显露出奥登式的机智和辛辣。例如，在一首受到普遍赞扬的诗中他写到：

贫困是他难言的宿疾，
勒索了他多少新鲜的血。
而帝国女儿们的爱是投资，
为了晚年的利息。
——《一个中年诗人的画像》

这种语言学上的等值原则的使用实际上是拼贴艺术的另一种实践，即一个画面和一件抽象事物之间的迅速转换，这也是清理我们纷乱的现实和表达繁复的思想的有效方法。正是凭借着这一点，在当前诗界宗派纷争、团体意识突出的背景下，朱朱依然能够保持着独立的人格和写作姿态。至少在我看来，最能体现朱朱拼贴技艺的是下面这首作于23岁的短诗：

小镇的萨克斯

雨中的男人，有一圈细密的茸毛，
他们行走时像褐色的树，那么稀疏。
整条街道像粗大的萨克斯管伸过。

有一道光线沿着起伏的屋顶铺展，
雨丝落向孩子和狗。
树叶和墙壁上的灯无声地点燃。

我走进平原上的小镇，
镇上放着一篮栗子。
我走到人的唇与萨克斯相触的门。

三

最后，正是这两种特殊品质的组合使得朱朱出类拔萃，在同代诗人中找不出几个对手。朱朱对当代汉语诗歌所作的主要贡献在于，在他的作品里，诗歌的形象既不是为了发泄内心的压抑，也不是为了批评的需要营造的虚拟，而是作为语言的一种发现存在。正如法国哲学家加斯东·巴什拉所指出的："形象如此辉煌地照亮了意识，以至于任何试图寻找先于它的潜意识的努力都是徒劳的。"用现象学的话来解释就是，诗人必须从形象最微小的变幻的根源上阐明全部意识。此时此刻，有一句似曾相识的话涌动在我的舌尖：词语即目的。我甚至盼望着有那么一天，阅读诗歌不必另有所思，词语的组合所产生的形象便能显示出全部的意义。无论如何，朱朱的内省、节俭和克制，再次证实了我早年的判断——虚构比发现容易。

另一方面，朱朱的独特个性也使自己付出了代价，在他的作品里

(包括散文在内),我们很难发现忧郁的成分,就像华莱士·斯蒂文斯一样,他的诗缺乏“人类情感的紧迫性”——另一种打动读者的素质。后者只是到了去世以前,才逐渐开始赢得声誉。朱朱因此也失去了一部分的读者和好奇心。这是一位比较早熟的诗人,这种早熟既导致了他内心的冲突和矛盾,也使他在许多时候习惯保持缄默。在一首过分夸大的怀旧诗作中,他无意间泄露了的这一秘密:

我考虑我和你的生活,用两种生活
布置一种生活,将两座城市
并为一座城市。
——《过去生活的片段》

而在另一首写于学生时代的诗作中,他直接引用了奥地利诗人里尔克的诗句,“两种秋天都感动着我们”(《最后一站》)作为题记。

虽然在一篇访谈录中朱朱曾经声称每年至少有一个月“奢侈”的旅行,我们也多次在杭州、无锡、成都等地见面(在拉萨则错过了时机),用他自己的话说,“过着一种复调的生活”,可以同时生活在几座城市里,他却对南京这座六朝古都情有独钟。他直接在标题中点名的诗至少有《石头城》、《故都》、《夏日南京的屋顶》、《夏日南京的主题》。但是,更多的时候,正像那位退休的巴黎海关税务员亨利·卢梭一样,朱朱成了丛林中的一个梦游者,他躺在“世界上最美丽的东郊”的一张床上做梦,被人偷运到森林里,谛听妖魔的乐器演奏出来的声音,并把它们记录下来:

雨中

拨动乐器，成群的林木倒映

两三个男人走远，细雨前后
水位的变化从容

我说。我笑。我从不触摸

雨中的鱼
雨中的柠檬黄

我找到了自己的弦
它在我的手拿不动的橡木里
聆听我的声音

2001年9月9日，杭州西溪

注：本文系第二届“安高诗歌奖”的授奖词。

约翰和安的故事

一　诺贝尔之夜

贝洛伊特(Beloit)是美国中北部威斯康辛州罗克县一座风光秀丽的小镇,毗邻伊利诺伊州,离开芝加哥仅90英里。该镇位于罗克河和图特尔河的汇合处,人口约35000,有一所历史悠久并闻名全美的私立学院。虽然只有一百来个教员,注册的学生却多达一千两百多位,并且是清一色的本科生。我的朋友约翰·罗森沃德和安·阿伯夫妇每年有三分之一的时间在那里度过。约翰是贝洛伊特学院的文学教授,作为一位诗人和有着五十多年历史的《贝洛伊特诗刊》的编辑,他获得了院方赋予的一项特权,即把每年三分之二的时间用于自我支配。通常约翰和安住在一千英里外缅因州的安多佛镇,在那里写作或编辑。他们习惯上把安多佛称为自己的家,而把贝洛伊特叫做工作地点。

新千年的第一个秋天,旅居海外的中国诗人北岛再次来到贝洛伊特学院,讲授"诗歌写作"课。北岛是应博斯院长的邀请来讲学的,在此以前,约翰曾多次安排他来院朗诵诗歌。他们初次相会在1992年的纽约,当时美国的亚洲学会邀请到了一批汉学家和几位主要的"朦胧诗人"到场,除了北岛以外,还有杨炼、多多、舒婷、顾城,而他们的相知则要追溯到上个世纪80年代的中国。约翰和顾城的交情也非同一般,顾城自杀前一年曾请求约翰翻译他最后的长诗《城》,在他自缢新西兰以后,约翰和安曾亲临位于奥克兰东面豪拉基湾的那座叫怀希克的小岛凭吊(Waiheke,即现在人们所称的激流岛),此行他们见到了顾城的姐姐,并就其侄子的抚养权之争的法律诉讼提出了建议。

十月九日晚上,来到贝洛伊特已有一个多月的北岛和约翰夫妇在院新闻办公室主任的家中用过晚餐之后,三人来到北岛的寓所闲聊了一会儿。这是一个特别的夜晚,对贝洛伊特学院的一些人来说尤其如此,在十多次进入诺贝尔奖候选圈以后,北岛和另外两位中国作家终于触摸到那顶看似诱人的桂冠。除了博斯院长和新闻办主任以外,邻近的《芝加哥论坛报》(Chicago Tribute)和不远万里来的《德国之声》(Deutsche Welle)的几位记者也在其中,他们在小镇守候采访的最佳时机。大约十点钟,为了把最后一段时间留给北岛独自细细品味,约翰和安起身告辞了。谁也无法猜度,北岛是如何消磨掉那个夜晚的,加西亚·马尔克斯曾把那段恼人的时光称为"和幽灵做伴"。

翌日上午,约翰像往常一样,来敲北岛的门,他们要到附近的一幢教学楼共同主持一堂写作课。约翰和安共进早餐之际,无线电波里重播了一条消息:"瑞典皇家文学院决定把今年的诺贝尔文学奖授予旅居海外的中国作家……"在听到最后那个陌生的名字以前,他们几乎要跳起来相互庆贺。在通往教学楼的林荫道上,北岛望着正在飘落的橡树叶,轻声对约翰说:"现在,我又可以继续过正常人的生活,继续写诗了。"的确,如同旅居伦敦的女作家虹影告诉我的,在海外的朦胧诗人中,北岛目前的写作状态最好。而约翰也舒了一口气:"现在,我暂时用不着一个人授课了。"约翰说到这里,我想起另一则故事。若干年前的一个诺贝尔之夜，北岛正客居欧洲，哥本哈根一家电视台的记者曾潜入他下榻的旅店房间安装录像设备，试图偷拍诗人获得喜讯时的瞬间场面，结果令他们失望。在标榜尊重个人隐私的西方，狗仔队的猖獗由此可见一斑。

二　约翰的故事

约翰自幼在芝加哥中产阶级的聚集地西斯普林斯区长大，他出生在奥克帕克的一家社区医院，恰好是一个世纪前欧内斯特·海明威降世的地方。成年后的海明威对那个有着一座座教堂、绿树成荫的街道和白色整洁的房屋的地区感到厌恶，而对邻近的西塞罗区那些破败不堪的旅店和罪孽滋生的小巷记忆犹新，因为他认为在那里基督教的仁爱不见了。对此约翰也有着类似的感受，他少年时代经常利用假期到餐馆打工，结交了许多黑人朋友。不仅如此，使他成为诗人的可能还有其他某些偶然的因素。约翰降生的时候身上流淌着一种坏血，俗称blue baby，需要不断输送氧气才能存活。虽然约翰的父亲是一位出色的化学家，食物保鲜的先驱之一，可那时正值二战最困难的时期，汽油非常短缺，家里的汽车抛了锚。对于过惯中产阶级舒适生活的父母来说，根本没有想过要步行十几英里去医院看望儿子，因此有好长一段时间，约翰是由护士照料的。他后来又患上少儿麻痹症，由于医治及时幸免于难，奇迹般地没有留下残疾，反而造就了一副运动员的体魄。

或许是由于幼时经历的种种波折，约翰从小就比同龄人成熟，他总是有自己独到的见解。约翰后来在厄巴纳——尚佩恩的伊利诺伊大学接受了高等教育，先学医后从文。那是在60年代初期，美国大学里兄弟会(fraternity)和姐妹会(sorority)盛行,这类始于18世纪的联谊性组织以一个或几个希腊字母命名,成员大多是些party boys(热衷于派对的男孩),其中也不乏纨绔子弟。为了装潢门面,像约翰这样出身良好、学业优异、风度翩翩又兼有组织才能的人(他一直担任伊大剧院的经理)成为各兄弟会竞相邀请的对象。这些人不仅吃住在一起,还经常举办晚会,引诱漂亮女孩,在醉酒狂舞之余什么出格的事都做得出来(有时甚至放出一头母猪)。而约翰这个在white suburb长大的年轻人,却拒绝此类诱惑,一直住在学生公寓里,他的室友中有犹太人、黑人、伊朗人和欧洲人。

1965年,22岁的约翰获得了英语文学的硕士学位,同时得到富布赖特奖学金前往德国的图宾根大学求学,在那里他遇见一位德国姑娘并坠入情网。一年后两人双双返回美国,结婚并生下一个女儿。与此同时,约翰来到北卡罗来纳的最高学府——杜克大学攻读博士学位。北卡地处南方和北方的交汇处,黑人占有较大的比例,那时候民权运动正在美国如火如荼地展开,约翰不由自主地投身其中。约翰看到当地黑人每小时的工资只有43美分,便下定决心和同学们一起罢课,从而部分实践了他早先写下的一篇题为Being a black(《做一个黑人》)的檄文的诺言。就在约翰毕业前后,正当巴黎大学的学生把阿瑟·兰波的名言"生活在别处"刷在校园的墙壁上时,美国发生了震惊世界的两件大事:一是马丁·路德·金博士在孟菲斯遇刺身亡,二是俄亥俄肯特州立大学的四位参与民权运动的学生在校园里遭警察枪杀。相比之下,对于越南战争,约翰总是能够适时回避,先是作为学生,后来新婚燕尔,继而又做了父亲,按照美国法律,他始终被免服兵役。

约翰是在马萨诸塞州中部的伍斯特认识他的现任太太安的,这座在中国知名度并不高的小城市在上个世纪之初接连诞生了美国现代史上的三位重要诗人:斯坦利·库尼克、查尔斯·奥尔森和伊丽莎白·毕晓普。其时约翰在该市的一所教会学院里教写作课,而安是他班上的学生,虽然他与前妻已经分手,但在有着多重道德标准的美国,约翰和安的这场师生恋还是直接导致他在该院任教五年以后失去了唾手可得的金饭碗(tenure)。院长给了一年的薪水让约翰走人,可是他仍然留在伍斯特,一边写作,一边陪伴女友,直到她完成了学业,因为那对她来说实属不易。

三　安的故事

安比约翰小12岁,出生在缅因州的西部小镇墨西哥,如同德克萨斯州的巴黎和纽约州的罗马一样,这个名字在一般地图上不会出现,甚至美国人也很少知道。不过,若是提起隔河相望的另一座小镇拉姆福德,却是尽人皆知的。在很长一段时间里,那座mill town都拥有全世界最大的一家造纸厂,包括《国家地理》这样用纸精良的杂志均是它的客户。由于污染严重,墨西哥镇的几乎每户人家都有人死于癌症,其中包括安的外祖父和姨母。当地人戏称之为"癌谷"(cancer valley)。安的祖辈有许多人长年在造纸厂工作,虽然作为质量检查员的父亲收入还不错,母亲也在银行谋得一职,可是笃信天主教的他们既不避孕也不堕胎,接连生下了13个孩子(仅有七个活下来,包括一对半双胞胎),结果造成全家经济拮据,无法满足每个孩子的求知欲望。

上中学以后,安便利用暑假到造纸厂做临时工,英文叫a spare,当不同工种的工人外出休假一周半月,她便顶替上。有时难免冒着被断裂的纸张击中或手指卷入机器的危险,幸亏父亲利用工作之便经常在各个车间转悠,无形中保护着女儿。15 岁那年夏天,为了筹集上大学的费用,喜欢幻想的安又只身来到 90 英里以外的港口城市波特兰,那里有一艘游船“芬迪王子”,每隔一天发往加拿大新斯科舍省的雅默斯,她在船上做服务员。即便是上学期间,安也常在周末去船上打工。晚上九点从波特兰起航,次日上午七点到达雅默斯,九点返回,连续两次往返以后,安被父亲接到家中已是星期天深夜了。巧合的是,我不仅到过安的出生地,甚至也搭乘过那条海上国际航线,这也是我们一见如故的原因之一。不过游船已经换过一艘,叫“苏格兰王子”。那是一次难得有趣的航行,我曾在一本书里做过描述。安的海上生活结束于第二年夏天,她被一个流氓水手强暴了。

许多年以后,安在上海开始写作自传体的长篇小说,她的爱憎游荡在 sea(大海)和 men(男人)之间。这部长达六百页的作品叫作 About Time,一个很难翻译的书名,它甚至让我想起英国物理学家斯蒂芬·霍金的著作。在这部小说的第 85 章,有这样的描写:

> 如同你们已经了解的,有一条纸浆的河流流经造纸厂。一旦机器上滚动的纸带断裂,发出一声巨大的噪音,随后造成的混乱被称为 broke paper(一文不名的纸)。它们回收以后被放进一个地洞,那里有一把尖利的刀刃将其重新切割成纸浆。

这段富有质地的文字表明,作者有着诗人的细腻和洞察力。实际上,安从少女时代就开始写诗,这是她和约翰走到一起的主要原因,而他们截然相反的家庭背景则构成一种互补。现在,安又摆弄起了照相机,一些名作家和普通人相继走进她的镜头。

安没有自己的孩子,这个从偏远小镇走出来的女子,注定要把自己的一生献给自己喜欢做的事情。她使我相信,上帝挑选某人做某件事情的时候是不问缘由的。有意思的是,安・阿伯(Ann Arbor)这个名字恰好是密执安州东南部的一座小镇的名字,那里与汽车城底特律相距不远。因此,当去年夏天北岛在信中把约翰和安介绍给我时,我还以为他弄错了呢。arbor 这个词的原意是果园里的“棚架”,后来我查了有关的典籍,发现该镇最早的两个英国殖民者(其中一个名字也是约翰)的妻子都叫安,她们自己动手,改良野葡萄获得了成功,她们的丈夫(大概把主要精力用在打猎或栽种谷类植物吧)就把那块葡萄地称作 Anns' Arbor,意即“安的棚架”。当我把这个故事告诉约翰和安时,他们在惊讶之余异口同声地回答:“我们应该搬到那里去住呀!”

四　到中国去

约翰的母亲出身殷富人家,从小在明尼苏达州的圣保罗长大,她的街坊里有一家日本人开的杂货铺。这家小店除了出售日制小瓷人等玩具以外,还经常摆些印有汉字的物品,例如茶杯什么的。这些东西有的被小姑娘买回家中,被视作宝物得以珍藏,后来又成为陪嫁。虽然时光变迁,老人家今年已经 91 高龄,但它们仍完好地保存在她威斯康辛的家中。约翰从小受到母亲的熏陶,长大以后又自觉投身于民权运动,他对毛泽东的中国产生浓厚的兴趣就不足为奇了。约翰和安初试云雨的那个夜晚，相互问对方最大的愿望是什么？安的回答是：Maine woods and white farm house（缅因的森林和白色的农舍）。约翰的回答则是："到中国去！"Are you crazy？（你疯了吗？）1987年，复旦大学校长谢希德访问贝洛伊特学院，她此行达成的最有意味的协议是，约翰作为交换学者于当年秋天被派往中国。

就这样约翰和安来到了上海，其时这座中国最大的城市尚未焕发出蕴藏的活力。复旦外文系主任孙骊为约翰安排了一门美国文学的课程，而他则希望能够学习汉语，同时接触一些当代的中国诗歌。不料有着深厚古典文学修养的孙骊却为此犯难，他认为当时的中国没有诗人，亏得在高中念书的女儿找来一本《朦胧诗选》，于是这就成了约翰和安的汉语读本。外文系几位想练口语的学生自愿做了他们的老师，他们一边学习语言一边翻译诗歌，不久，这支队伍逐渐扩大，连孙骊教授本人也参加了进来。最后，书中的一位作者、当年上海最有影响力的青年诗人王小龙出现了，他的代表作《纪念航天飞机挑战者号》被译成了英语。通过王小龙，约翰接触到许多上海诗人，同时与包括芒克、舒婷在内的几位主要朦胧诗人取得了联系，他们纷纷寄来自己的作品。

约翰返回美国以后，编辑出版了英文版的朦胧诗选《吸烟的人》，受到了读者和同行的广泛关注。入选的诗人多达十位，包括多多、顾城、北岛、舒婷、芒克，译者除了约翰、安和孙骊以外，还有五个复旦学生。约翰在题为《遭遇中国诗人》的长篇后记中写到，当时中国没有个人隐私，堂堂的复旦外文系主任竟然与七位同事共用一间办公室。约翰还提到，有一个周末在复旦，他们和王小龙等诗人举办一场朗诵会，碰巧学生诗社也在校园的另一处地方举行朗诵会，结果这两项活动均取得了成功，共吸引了校内外一千多位听众，那是美国诗人无法想象的。两年以后的夏末，约翰只身再次来到复旦（这回贝洛伊特学院停发了工资），他遇见了一位极富语言天才的学生——陈彦冰。此时，中国诗歌与读者短暂的蜜月已快要结束，幸好陈及时移居美国，他成了约翰翻译中国诗的主要合作伙伴。除了北岛、顾城那一代诗人以外，他们还翻译过不少后朦胧诗人的作品。

之后，约翰作为一名富布赖特教授和安先后四次来到复旦、南开、浙大（两次）。到今年夏天，他们在中国大学任教已满八个学期，他们教过或听过他们讲座的学生已逾万人。在杭州，约翰和安不断接到邀请去酒吧、茶馆，浙西南的私立学校，或担任演讲比赛的评委。至于越来越流行的西方节日期间他们就更加忙碌了，约翰浓密雪白的胡子活脱脱一个圣诞老人。可是，大多数夜晚，他们各自打开一台笔记本电脑，在不同的房间里备课、写作。间或，他们接受从前某位学生的邀请，坐火车或飞机去上海、苏州、天津、厦门做一次讲座，顺便度过一个周末。约翰和安是如此地热爱中国，他们试图理解这个国家发生的一切，至于自己在美国的文学地位，早已被抛在了脑后。约翰给我看过一首他写于中国的诗《1990，一个中国家庭》，讲的是他的学生梦丹和她在“文革”中身心受到摧残的母亲的故事，充满观察和细节，带有教士的情怀，不容易翻译。在9·11事件发生后不久，南京大学的一位富布赖特教授因为对中国缺乏了解和本人的身心脆弱，急于立刻返回美国。而对于约翰和安这样的“中国通”来说，他们非常明白，此时此刻的中国才是最安全可靠的一块土地。

会见美国诗人

一　丹尼尔·霍尔

我最早认识的美国诗人是丹尼尔·霍尔(Daniel Hall),那是1992年的一个秋日,我们在杭州一家小酒馆里偶然遇见。丹尼尔刚刚获得了耶鲁大学诗歌奖,美国许多著名的大学都设有一年一度或两年一度的诗歌奖(这类奖项通常向全社会开放),耶鲁大学诗歌奖则因为曾经由英国大诗人奥登主持而名闻遐迩。丹尼尔只不过比我大几岁,看上去却有40了。他从未上过大学,或者说不愿意上大学。与我熟悉的一些中国诗人一样,丹尼尔是个自由职业者,可他却幸运地获得了美国一家文学艺术基金会的资助,携带着耶鲁大学出版的处女诗集在亚洲和太平洋地区旅行。

几天以后,丹尼尔来到我的住所拜访,并带来了他的诗集(我已记不起书名了),只见精装的封面上赫然印着瑞士画家保尔·克利的一幅画,而他最喜欢的美国诗人也正是我所倾心的华莱士·斯蒂文斯。后来一次他又带给我斯蒂文斯的剧本和诗选《心灵深处的棕榈》,这本书的封面上有斯蒂文斯年轻时的照片,被我复印后分赠给外地的诗友。我依稀记得我们骑着自行车在杭州的大街小巷里闲逛的情景,丹尼尔住在一位既不会说英语又不爱好文学的朋友家里,他告诉我，几个月前他抵达北京，很快结交了一位热情的中国小伙子，接下来他就像一根接力棒似地被一个个素不相识的友人从一座城市传递到另一座城市。

丹尼尔的故乡在新英格兰马萨诸塞州的阿默斯特镇，马萨诸塞州是美国的文化之邦，阿默斯特镇位于波士顿以西一百多英里处。在彼得·琼斯著的《美国诗人 50 家》一书里谈到的美国诗人中出自该州的就有 12 位，其中包括爱默生、坡、梭罗、卡明斯、洛厄尔和普拉斯。爱米莉·狄金森小姐就是在阿默斯特镇出生，在阿默斯特学院受教育并在那儿度过了一生的绝大部分时光。在这 12 个诗人中间，我还没有把罗伯特·弗罗斯特计算在内，旧金山出生的弗罗斯特自从扬名欧洲返回美国后，一直担任阿默斯特学院的驻校诗人，直到 22 年以后退休。

当我和丹尼尔相遇时，他正热衷于“旅行和写作”。看得出来，他对中国并不是真正感兴趣，而只是把异国情调作为一种创作背景，这是获取想象力的一种有效方法。丹尼尔离开杭州时，我曾想介绍几位外地的诗人给他，他却显得热情不高，似乎更愿意和普通人交往。后来我在克利的一部传记中读到：“克利外出旅行时，从不拜访其他名画家；如果他们来访，克利除了能够展示其新作以外不能提供任何招待。”这使我比较理解丹尼尔了，我想起他接受我的唯一一次邀请是在大学食堂里共进午餐。

有意思的是，两年后的夏天，我也携带着我的处女诗集《梦想活在世上》在北美洲旅行。我充分体会到了那种类似于童年游戏的美妙感觉。一天，我乘坐一列从加拿大的蒙特利尔开往纽约的快车，大约午夜时分，火车经过阿默斯特停留了十分种。我跑到月台上想给丹尼尔打电话，却找不到电话亭，只好想象着他正旅行到世界的某个国度，在一家中国餐馆里独自饮酒。快到纽约宾夕法尼亚车站时有人告诉我，阿默斯特如今已成为美国女同性恋的聚集地（男同性恋的中心在旧金山），显而易见，那不是男性理想的居住地。

附记：在互联网时代的今天，我在雅虎上搜查了 Daniel Hall 这个名字，不仅找到他的处女诗集《隐士的风景》（*Hermit with Landscape*）和新作《陌生的关系》（*Strange Relation*，*1996*），还发现他已任阿默斯特学院驻校诗人，那不正是弗罗斯特当年的职位吗？我给他发去一个电子邮件，他回信告诉我，这个学期他去了意大利，夏天他的第三本诗集要出版。在相隔 12 年之后通过网络重新联系上，我们两人都非常兴奋，他说他很怀念杭州，并邀请我有机会去阿默斯特作客，一起举办诗歌朗诵会。

二 罗伯特·布莱

对当代中国诗人来说，罗伯特·布莱（Robert Bly）或许是现仍在世的美国诗人中最有影响的一位，他和早逝的詹姆斯·莱特是上个世纪 60 年代美国“新超现实主义诗歌运动”的主要推动者，布莱的诗歌和主张对中国许多年轻的诗人有过重要的影响。

1994 年 4 月的一天，我意外而惊喜地发现了布莱来我正在访问的加州州大弗雷斯诺分校演讲的海报，便毫不犹豫地掏出五美元买了一张门票。当我和州大英语系诗歌教授查尔斯·汉斯立克一起走进学生俱乐部的大门时，只见能容纳八百多人的大厅已座无虚席，我正为美国学生的诗歌热情感到振奋，却见邻座的大多是些40开外的中年人，原来听众绝大多数来自社会上。据汉斯立克教授介绍，布莱近几年在美国声誉鹊起是因为他出版了一部畅销小说，既使是他（在老百姓中）的诗名也是建立在越南战争时期写的几首“反战诗”之上。

那天晚上布莱演讲的题目是《文学遗产和传奇》，只见红光满面、身材高大的诗人不时用手指拨弄几下随身携带的曼陀林，并即兴朗诵了几首自己的诗歌。现场的气氛非常活跃，观众不时爆发出热烈的掌声，他本人则始终保持一副冷峻的表情。北岛后来说他朗诵时像个指挥，两只手忙个不停，好像听众是庞大的乐队，那一定是他忘了带曼陀林。看得出来这样的报告他已经作过上百次了，我不禁感到有些失望。可是无论如何，我毕竟在四月里见到了布莱。我记得他在《寻找美国的诗神》一文中曾经写到：“为了增加收入，我每年要离家外出三个月，一月、三月和五月。”自那以后时光流逝了整整十年，看来布莱的日子不如从前好过了。

布莱主要阐述了美国文学与英国文学的继承关系，一个多小时的报告之后，接下来的是回答听众提问，然后是长长的队伍等待他的签名。这是出版商邀请他去全国各地游说的主要原因，美国的图书很贵，卖掉七、八册平装的书就可以买一张往返东西海岸的双程机票。早在布莱到来之前两个多月，州大书店便印好他的简历和照片，在全市范围内到处散发，自然也少不了多订几册他的诗集。我走到离他五米多远的地方站着，冷冷地看着他和听众交谈，并随手拍下几张照片。

当最后一位要求签名的听众离去，已经是晚上十点半了，布莱疲倦地抬起头，看着我的眼睛。显而易见，眼前是一位既没有买他的书又不打算请他签名的听众。可我们似乎默然相认了,在沉寂片刻以后,布莱突然说出了第一句话:“to be famous is totally an accident”。(成名完全是一场事故)我望着老诗人的满头银发,告诉他中国年轻一代的诗人非常喜欢他的诗,他显得有些惊讶,说,invite me(邀请我吧)。我说当然欢迎您了,不过您得自个儿掏钱买机票。他听了笑了笑说,then come and visit me(那么来看我吧)。

四个月以后,我从芝加哥乘火车去往西雅图,途中在布莱的家乡——密西西比河上游的明尼阿波利斯逗留了三天,我住在明尼苏达大学的一位老同学家里。不巧的是,那个周末布莱和全家外出度假去了,我只好在他的录音电话里留下几句遗憾的话,并再次邀请他来中国访问。

三　菲力普·莱汶

早在我第一次到达美国的第七天,也就是1993年秋天,我就在我访问的加州州大书店里发现菲利普·莱汶的诗集特别多。翻开其中的一册,我从作者简历中获知原来诗人就住在弗雷斯诺,而且是作为州大英文系的教授退休的,热情的女店员帮助我从电话簿里找到莱汶的地址和电话。和布莱一样,莱汶的诗歌我最初也是从郑敏女士译的《美国当代诗选》和赵毅衡先生译的《美国现代诗选》中读到的。当天我便拨通了莱汶的电话,一位老妇人的声音告诉我他去纽约了,要到圣诞节前夕才回来,她还耐心地解释说,莱汶有两套住房,另一处在纽约,每年他都要在两地分别住上一段时间。

果真如此,在一个冬日的夜晚,我在电话里和莱汶进行了友好的交谈，双方都表示有机会应该见个面。后来我寄给他几首诗歌的英文译稿，他很快回信详细地谈了对译诗的看法和意见，并向我介绍了他过去的同事、诗人查尔斯·汉斯立克教授和居住在芝加哥的华裔诗人李立杨。汉斯立克教授的办公室就在我的楼上，他是赛菲尔特的捷克同胞，已经出版过七本诗集，我和他有过几次礼节性的交往和接触。和布莱以及其他许多美国诗人一样，莱汶也是靠外出讲学和朗诵来增加收入。莱汶在信里谈到，他在过去的六个星期里先后去了内布拉斯卡、纽约、俄勒冈、华盛顿、弗吉尼亚、德克萨斯、印第安纳和加利福尼亚的几十个城市。莱汶说："I think this is foolish, but it's living。"（我知道这很蠢，但是为了生计）

时间过得非常快，一晃到了第二年的初夏。我正准备一次漫长的旅行，收到了杭州诗人余刚的来信，信中问到"你一定和莱汶很熟了吧?"这句话提醒了我，我想起莱汶秋天是要去欧洲访问的，再不约见可能永远没有机会了。于是我给莱汶打了一个电话，他当即约定第二天下午来我办公室。

莱汶比布莱小两岁，那年也有66了，他的头发已经花白，中等的身材略显消瘦。莱汶出生在汽车城底特律的一个俄国犹太人家庭，乡村（弗雷斯诺）和工业（底特律）是他诗歌的两个主题。莱汶属于独往独来的那一类诗人，他好像与任何诗歌派别都没有什么关系，却仍然在美国诗坛占有一席之地。有趣的是，我和莱汶都有会见古巴领导人卡斯特罗的愿望，这是在他阅读我的诗歌《美国，天上飞机在飞》时获得印证的，或许，桀骜不驯的气质容易诱发诗人的好感。我们谈到了长城和科罗拉多大峡谷，当我提起几年前艾仑·金斯堡曾经访问过北京和其他中国城市时，莱汶随口回答：Allen goes everywhere。

除了中国和美国以外，我们谈得最多的是西班牙，70年代莱汶曾长期旅居在那里。一次他和他的小儿子在巴塞罗那的地中海滨散步，一个当地人和他们攀谈起来，临别时开了一句玩笑说，你（指莱汶）应该向你儿子学习西班牙语，这句话促使莱汶很快返回美国。或许是和莱汶的这番交谈激发了我对伊比利亚半岛的向往，第二年夏天，我找到一次机会访问了卡泰隆尼亚。

我见到莱汶的第二年，他的诗集《简单的真理》获得了普利策奖。对于从未染指过诺贝尔文学奖的美国本土诗人来说，那无疑是一项至高的荣誉。又过了三年，我们在美国东海岸乔治亚州的一座小镇爱森斯的一家酒吧里再次相遇，我向他表达了迟到的祝贺。那是一个冬日的夜晚，他被当地的一些诗人围绕着，我们不费力气地认出了对方。

四　李立杨

李立杨（li-young Lee）是我在北美之旅中遇见的唯一一位用英文写作的华裔诗人。莱汶在给我的信里用 marvellous（神妙的，罕见的，不可思议的）来形容李立杨，而用 fine（精巧的，美好的，悦人的）来形容汉斯立克。当我在布莱面前提起李立杨时，布莱脱口念出他的一句诗，并称赞他是50年代出生的最好的美国诗人之一。莱汶向我推荐李，是希望我能请他为我的诗歌的译文润色，因莱汶知道他会讲一口流利的中文。莱汶认为我需要一位懂中文的更优秀的译者，他用 shine（发光，照耀，卓越，出众）这个动词鼓励我。我于是和远在芝加哥的李立杨通了电话和信，他显得非常热情，遗憾的是他和大多数华裔美国人一样只会说而不识汉字。

1957年李立杨出生在印度尼西亚的雅加达，两岁时全家离开印尼，先后辗转在香港、澳门和日本等地，七岁来到美国，后全家入了美国籍。他的母亲是袁世凯的孙女，兄弟四人三个是画家，分别定居在芝加哥和纽约。李立杨曾就读于匹兹堡大学、亚利桑那大学和纽约州立大学，并执教于西北大学和衣阿华大学等学校，现在芝加哥的一家时装公司任艺术监制。李氏兄弟所取得的成就使我相信，人的遗传基因是错综复杂的，他们的一切努力似乎都在纠正某位祖先留下的印象。

李立杨的诗歌体现出一种对平凡事物和语言的挚爱，他有着精细的洞察力和不同寻常的谦恭，虽然他只会说中文而不能写读，但是字里行间流露出中国人的思维方式和对中国的记忆。他的父亲原来是印尼总统的医学顾问，后成为一名政治犯，最终又在宾夕法尼亚的一个小镇上担任基督教长老会牧师，晚年双目失明，悄无声息地死去。父亲一生的遭遇对李立杨的诗歌起了决定性的影响，父亲的形象常常如神话人物一般出现在他的诗歌里。

我是在1994年8月第四次也是最后一次路过芝加哥时见到李立杨的，当时我已经连续坐了两天两夜的火车，先是从佛罗里达的迈阿密乘“日落快车”西行至路易斯安娜的新奥尔良，再从那里北上到达芝加哥。其时我正醉心于“地图旅行”，在美国，乘火车是比较“奢侈的”，特别是在时间上，常常是整节车厢只有我一个东方人。我在西尔斯大厦附近的一家麦当劳要了一份午餐，便给李立杨打了一个电话，他正好在家。当他得知我在芝加哥停留的时间只有两个半小时，便立刻驱车赶了过来。我一边吃一边和他交谈，随后他又驾车带我去密执安湖边兜风。

立杨几乎剪光了头发,看上去十分虚弱,他向我诉说写作的痛苦,尤其是作为一名华裔美国诗人,他还问我在中国袁世凯的名声是否很坏。虽然立杨比我年长一些,但我不知不觉地说了许多安慰的话。立杨的性格比较内向,幸亏他的太太唐娜——一位白人姑娘对他体贴入微,殷勤备至,其结果是他们的两个孩子长得都不像东方人。四年以前李立杨曾应纽约一家出版社的约请,写作一部自传体的长篇小说,为此特意去了一趟中国的天津和印尼。由于他特殊的家庭背景和遭遇,特别是他独特的写作风格和题材以及诗艺上的创新,他甚至比同时代的其他美国诗人拥有更多的机会和更光明的前景。

我和立杨讨论了中美诗歌的现状和诗人的处境以后(他读过几位朦胧诗人的作品),问他谁是目前美国最有影响力的诗人。他回答说一般学院派比较推崇约翰·阿什伯利,而非学院派则喜欢罗伯特·布莱(他们是哈佛大学的老同学)。临别时,立杨邀请我下次来芝加哥时多停留几天,他给我安排住的地方。回想起来,我们两位纯粹的华人是用汉语交谈而用英文通信的。当我回到加利福尼亚,我收到了他寄赠的两本诗集——《我们恋爱的城市》和《玫瑰》。

1995年,杭州

在天国旅行

“没有一个地方让我喜欢：我就是这样的旅行者。”法国诗人亨利·米肖在《厄瓜多尔》(1929)里这样写道。他最早的两部诗集《大加拉巴涅之行》(1936)和《在神奇的地方》(1941)，都是关于想象中的旅行的书。虽然我没有读到，可是我喜欢听他说：“我从遥远的地方为你们写作。”

很久以来，我几乎足不出户，但我常常几小时几小时地聆听音乐。对我来说，这就像在天国旅行一样。人们在我面前，来来去去，却没有发觉。一段时间里，我感觉音乐是新婚的妻子，每时每刻，无微不至，出现在我的枕边、耳旁。而诗，则犹如过去的一位恋人，仅仅在某种特定的场景里，和我不期而遇。

在希腊神话里，阿波罗是众神之王宙斯的儿子，他有九个姐妹，统称缪斯(Mousai)，音乐(Music 或 Musik)一词，大概来源于此吧。丹纳在《艺术哲学》里谈到，“看过一个地方的植物，要看花了；就是说看过一个人，要看他的艺术了”。我想音乐一定是花中之花了。

我永远都记得 1983 年秋天的那个午后，在数学王国里遨游已久的我，突然听到了从一架破旧的收音机里传出的美妙动听的音乐。曲目有：普契尼的歌剧《蝴蝶夫人》中的《晴朗的一天》，门德尔松的无词歌《春之声》，鲍罗丁的歌剧《伊戈尔王》中的《波洛涅兹舞曲》和格里格的《彼尔·金特》组曲里的《索尔维格之歌》。

这次邂逅真是太意外了，对我的意义非同寻常，它直接开启了我头脑中的另一扇大门。我无法用散文的语言来追忆：

你曾窥见幽玄吗？
它能把人提升到一个崇高的地位

如果你窥见了幽玄
你一定会匍伏下去叩头、哭泣
——《降示》

在中国，伯牙和子期的故事已经家喻户晓，一曲《高山流水》流传了数千年。还有一个更古老的传说：五千多年前，一位名叫"伏羲"的音乐家，他是人首蛇身，在母胎中孕育了12年，他弹奏的是一张50弦的琴，由于曲调过分悲伤，黄帝下令将其琴弦断去一半。

1991年深秋，我独自旅行到了天府之国。一天晚上，我在成都诗人欧阳江河家做客，他用巴赫的音乐招待我。巴赫向来以乐坛上的数学家著称，可是那晚却一反常态，偏偏以抒情诗人的面目出现，原来是擅长肖邦的吉奥格·索尔蒂在演奏。随后，主人拿出索尔蒂的几幅照片向我展示，这位匈牙利出生的英国钢琴家以指挥大师闻名于世。可以想见，欧阳当时的得意心情。

旅行是人类的普遍需要。我一直认为真正的艺术家未必要见多识广，但他需要时常去天国旅行。在天国旅行，和平常的旅行一样，也会有烦恼、忧愁。米兰·昆德拉在小说《生活在别处》里有过这样的描述："就像兰波的老师伊泽蒙巴德的妹妹们——那些著名的捉虱女人——俯向这位法国诗人，当他长时间漫游之后，便去她们那里寻求避难，她们为他洗澡，去掉他身上的污垢，除去他身上的虱子。”天国之旅，是享尽了自由、孤独和极乐的精神之旅。

1992年，杭州

以下是此文2005年在《周末画报》发表时所加的附注：

这篇小文作于13年前，后来，我终于按捺不住对世界的向往，开始了一次又一次的异国之旅。我的身体所抵达的地域之广是我本人原先没有想象过的。正如挣钱对有的人来说是轻而易举的事，出门旅行对我来说无疑是拿手好戏。

欧阳江河后来成为《爱乐》杂志的特约撰稿人，担任中国对外演出总公司的艺术顾问并以此谋生，我们曾在北京的望京公寓、杭州西子湖畔的印象画廊、华盛顿DC五角大楼附近的一套出租房和伊斯坦布尔的一家星级宾馆里再次相聚并聆听音乐。他收藏的唱片数量自然是越来越多，而我依然喜欢稍纵即逝的东西，并偶然享受到异国邂逅的快乐。

例如，我曾在澳洲的一家小酒馆里听到美国歌手Tracy Chapman演唱的《革命》，也曾在南非德班一家宾馆大堂里听到反复播放的背景音乐：英国歌手Dido的Worthless。而当我在新千年的哥伦比亚安第斯山中偶然听到一首阿尔及利亚歌曲Ya Rayan以后，紧接着便在全世界的许多角落听到了她。

可是，在我最近的一次中东之行中，当我乘坐伊朗航空公司的班机从贝鲁特飞往德黑兰时，却发现整架空中客车上没有安装任何电视和音响系统,在三个半小时的飞行时间里,穿戴整齐的男女依次进入后舱那间铺满波斯地毯的祈祷室。对伊斯兰信徒们来说,《古兰经》就是最好的音乐,默诵经书就等于到天国旅行。也就在那次旅途中,我终于意识到了,音乐是不能言说的。

悠远的声音

诗歌和戏剧的诞生想必是既古老又神秘，前者被认为起源于远古时期人类祈求丰收的祷词，后者则被认为起源于早期村社的宗教仪式。她们的存在也相当普遍，我们可以想象早期的诗歌与音乐的密切关系，那些人类生而有之的声音总要配上些言辞来吟咏；而原始的巫风傩舞也就是戏剧的雏形。它们的历史几乎和人类的历史一样悠久，这让我想起文明的另外一种古老的形式，即数学和天文学。可以说诗歌和戏剧的关系正如数学和天文学的关系一样，相互依存、促进和发展。

而"自从19世纪以来，小说在文学中升居主要地位"，如果说这句话的人不是一位小说家（韦尔斯），听起来一定更为可信。遗憾的是，他是一位小说家。另一位成就更大的小说家（福克纳）则在晚年坦承："我做不了诗人，或许每一位长篇小说家最初都想写诗，发觉自己写不来，就尝试写短篇小说。再写不成的话，只有写长篇小说了。"这些与我们生活年代接近的作家的言辞大约说明了两点，一是小说和物理学一样，是后来者；二是像诗歌那样的文体始终是从事文字写作的人的最高理想，是他们的梦。我相信，对戏剧而言，也是如此。

收入这一读本的诗人和剧作家大都出生在19世纪后半叶或20世纪前半叶。对我们年轻的读者来说，这样的时间间隔可能是比较合适的。因为靠得太近，你们会觉得词句还未经锤炼和考验，而隔得太远，相异的语音和节奏又会令你们感到陌生。当然，我们无法面面俱到，我们只是期望这些片段的文字能展现这两种古老文体的现代辉煌，即我们这些诗人与戏剧家还能通过言辞传达文体本身固有的韵律节奏和智慧锋芒。若是你有机会到雅典帕特农神庙下面的狄俄尼索斯露天剧场，或是到哥伦比亚麦德林诗歌节的主会场卢迪巴拉山颠，那又是别样的体会。

或许，你会觉得诗歌与戏剧又是那样的不同，就像你认识的两个性格迥然有别的朋友。套用一位诗人为诗歌下的简洁的定义："诗歌是诗人为了能够辨识自己的声音并存入记忆写成的文字。"那么，戏剧应该表现的是众人的声音。这个区分值得我们体会。而在当代，诗歌和戏剧又遭遇到如此相似的命运，它们与大众的距离渐行渐远，又若即若离。试着了解或理解吧，这是一种迷人的由于从未完全把握而需要永远追求的东西。

（此文系为《大学语文》新读本之"现代诗歌和戏剧"单元所作的导言，此书已经由浙江文艺出版社出版。）

黄金在天空舞蹈

在人类所有的发明中，最古老的大概要算诗歌和数学了。可以说自从有了人类的历史，就有了这两样东西。如果说牧羊人计算绵羊的只数产生了数学，那么诗歌则起源于祈求丰收的祷告。由此看来，它们均源于生存的需要。作为一种特殊的运用语言的方式，诗歌总是给人以一种独到的视觉和听觉效果。在历史上，诗歌曾经达到和取得的辉煌是后来的其他艺术形式难以企及的。可是，随着现代生活节奏的日渐加快，人类欣赏这类画面或音乐的机会越来越少，他们内心的宁静和喜悦也越来越罕见。

美国诗人罗伯特・弗罗斯特曾经指出："诗歌是散文言所未尽之处；人有所怀疑，就用语言去解释，用散文解释以后，尚需进一步解释的，则要由诗歌来完成。"这里的散文当然包括小说。可是，在今日社会，人们已经够忙碌的了，他们阅读小说主要是为了阅读故事，正如他们看电影听歌曲主要是为了自娱自乐。那还需要诗歌吗？答案是肯定的，因为越是疲惫的心灵，越需要得到某种特别的安慰。问题是，他（她）们读到的作品是否能起到排忧解惑甚或指点迷津的作用？这就要求诗人有深刻的洞察力，为了理解一首诗的洞察力，免不了需要一番解读。

设想一下，假如没有历代学者的倾力研究和注释，唐诗宋词能否被那么多人理解和喜爱呢？这无疑会成为一个问题，也正是我们编选和注释这套读物的出发点。我们对诗歌始终保持乐观态度的一个原因是，每一代人中间都有千千万万颗心怀有各式各样绚丽多姿的梦想，并努力把每一个梦想付诸实施，这些人可谓生命中的舞蹈者。他（她）们或许一生默默无闻，永远不为人所知，可是，也正是由于他们对梦想的不懈追求和努力，才使得这个纷繁的世界变得可爱，精彩纷呈，适宜于居住。

古往今来，无论是写作还是阅读的一个目的就是为了获取自由。虽然这种自由主要体现在心灵方面，可是对行动也有一定的指导意义。没有什么能比真正的自由更重要的了，而自由的获得比我们通常想象的要艰难许多。德国批评者冯·沃格特指出，"我们被错误地灌输了一种看法，即把摆脱旧的暴政看做是自由的本质，实际上那只是自由的属性，自由只能从一些自我规定的新规则中才能获得和被建立。"我相信，诗歌的写作和阅读也是为了确立这样一种规则。

对现代诗歌来说，每一位选家都有不同的注释法。这本读物的两个特点显而易见，一是对五四以降的中国新诗依时间进行注释性的遴选，二是由不同的诗人来挑选并评注自己喜爱的诗歌。后一点无须赘述，我们在外国诗的蓝卷和红卷里已经这么做了。前一条则需要做些解释。首先，选择什么样的评注人，就决定了什么样的诗人和诗歌入选；其次，对写诗的人来说，可能九成以上诗人是他们耳熟能详的，但对普通读者来说，大概三分之二甚或更多的诗人让他们感到陌生。原因在于，在商业或技术社会的今天，诗歌离开大众越来越远了。而假如有一天诗歌突然引起媒体的强烈关注，那多半会是以某种怪异的方式，这也是我们编选本书的动力之一：以正视听。

还是回到更本质的问题，一首好诗究竟应该是什么样的呢？我们认为，这是一种迷人的、由于从未完全把握而需要永远追求的东西。法国诗人兼演员安东尼·阿尔托说过："好诗是一种坚硬的、纯净发光的东西。""一种魔力或一块水晶的某种自然的东西被粉碎或劈开了。"（保尔·瓦雷里语）英国诗人约翰·济慈阐述得较为具体："诗歌应该使读者感受到，它所表达出来的理想，似乎就是他曾有过的想法的重现。"而俄国诗人奥西普·曼杰施塔姆对诗歌的定义更为简洁："黄金在天空舞蹈。"至于这本书里的诗歌是否成色十足，只能由读者和时间来甄别了。

2006年10月，杭州

（此文为作者主编的《现代汉诗100首》所作的序言，三联书店，2007年6月）

诗的艺术

一　引子:摹仿说

而太阳不得追及月亮,黑夜不得追及白昼,各在一个轨道上浮游着。

——《古兰经》

摹仿就是依照某种现成的样子学着做。亚里士多德认为摹仿是艺术的起源之一,也是人和禽兽的区别之一。他指出,人对于摹仿的作品总是有快感,经验证明了这一点:有些事物本身看上去尽管引起痛感,但惟妙惟肖的图像却能引起我们的快感,例如尸首或最可鄙的动物形象。其原因是求知对我们是件快乐的事。我们看见那些图像所以获得快感,就因为我们一面在看,一面在求知,断定一事物是另一事物。

在现代艺术诞生以前,一切创作实践都离不开摹仿。换言之,是对人的普遍经验的仿制,所不同的是这些仿制的技法和对象不断更新。例如绘画的问题是如何把空间的物体表现在平面上,古埃及最早的壁画《在纸草中捕鱼猎鸟》是利用截面在平面上的投影,看主要人物的头和肩的位置描绘出来的,这是最初的方法。15 世纪初,没影点的出现成为绘画史上的转折点。之后,直线透视法和大气透视法统治欧洲长达四个世纪。直到19世纪末，画家们依然喜欢诸如以黑暗暗示阴影，以弯曲的树木和飘动的头发暗示风吹以及以不稳定的姿态暗示身体的运动等表现手法。即使是印象派画家，也至多打乱现象的轮廓，将其巧妙地消溶在色彩的变幻之中，它仍然是一种对现实的再现。

另一方面，从题材上看，古典主义明显地倾向于古代，而浪漫主义则倾向于中世纪或具有异国情调的东方。又如文学，无论是现实主义还是浪漫主义，都摆脱不开对人类生活经验的仿制。正如沃尔特·司各特在评价简·奥斯丁的小说《爱玛》时指出的：那种同自然本身一样摹仿自然的艺术，它向读者显示的不是想象世界中的壮丽景观，而是他们日常生活的准确而惊人的再现。

二　从摹仿到机智

当人想要摹仿行走的时候，他创造了和腿并不相象的轮子。

——纪尧姆·阿波利奈尔

摹仿有其天然的局限性。帕斯卡尔在《思想录》里谈到，两副相像的面孔，其中单独的每一副都不会使人发笑，但摆在一起却由于他们的相像而使人发笑。由此可见，摹仿是比较低级的求知实现。而美的感觉要求有层出不穷的新的形式，对于现代艺术家来说，通过对共同经验的描绘直接与大众对话已经是十分不好意思的事情了。这就迫使我们把摹仿引向它的高级形式——机智。

机智在于事物间相似的迅速联想。意想不到的正确构成机智。机智是人类智力发展到高级阶段的产物。乔治·桑塔耶纳认为，机智的特征在于深入到事物的隐蔽的深处，在那里拣出显著的情况或关系来，注意到这种情况或关系，则整个对象便在一种新的更清楚的光辉下出现。机智的魅力就在这里，它是经过一番思索才获得的事物验证。机智是一种高级的心智过程，它通过想象的快感，容易产生诸如"迷人的"、"才情焕发的"、"富有灵感的"等效果。苏珊·朗格指出，每当情感由一种间接的方式传达出来的时候，就标志着艺术表现上升到一个新的高度。

1943 年，毕卡索把自行车的坐鞍竖起来，倒装上车把，俨然变成了一只《公牛头》。夏加尔的《提琴和少女》，让提琴倒置在地上，使得琴箱和少女的臀部融为一体。还有马格里特的一些作品，如《欧几里德漫步处》(1955 年)，描绘的是一幅透过窗户看到的城市风景，画中有一条剧烈透视的宽大马路，这大马路看上去快变成一个三角形，重复了相邻塔楼的角锥形状。

三　诗歌与机智

除了聪明睿智，别无他法。

——T. S. 艾略特

诗是最需要机智也最能表现机智的艺术形式。机智在诗中最初表现为借喻，即一件事情的另一种说法，这种说法时常表现出感伤的精神或神秘的思想，但更多的是令人愉快的，如沙士比业的诗句：

来吧，吻吻我，年轻的情人，

芳龄是不能耐久的素质。

19世纪末,西方曾有过一场文化争论,一方是现实主义者主张艺术基本上应该是摹仿,另一方是象征主义者声称艺术的实质就是机智或神秘。这场旷日持久的争论为机智引入诗歌打开了大门,如开一代诗风的法国诗人阿波利奈尔在《猎角》中写道:

记忆是一只猎角它的
声响会在风中消失

下面我们扼要地谈谈机智在诗歌中的表现。

A. 机智可以是一个画面迅速转化为另一个画面。如:

人群中涌现的那些脸庞:
潮湿黝黑树枝上的花瓣。
——艾兹拉·庞德《地铁车站》

当天空慢慢铺展着黄昏
好似病人麻醉在手术台上
——T.S.艾略特《给普鲁弗洛克的情歌》

B. 机智也可以是一个画面与一件抽象事物之间的迅速转化。如:

黑乌回翔在秋风里
它是哑剧的一小部分
——华莱士·斯蒂文斯《看黑乌的十三种方式》

你头脑的痴恋
被灰色的树枝交叉
——约翰·阿什伯里《雨》

C. 机智还可以是一件抽象事物与另一件抽象事物之间的迅速转化。如:

我赤身裸休。一丝不挂
一丝不挂是我的盾
——西奥多·罗特克《敞开的房子》

无论我在哪里
我是那缺少的东西
——马克·斯特兰德

凡此种种,诗人们用完全超出摹仿范围的手段取得了某种情感上的意味,达到了一种抽象的效果。当然,机智更多地表现在内容上而不是在形式上,这正需要现代诗人的努力。

四　机智与超现实主义

一个诗人，如果他不是现实主义者就会毁灭。可是，
一个诗人如果他仅仅是个现实主义者也会毁灭。
——巴勃罗·聂鲁达

对现代艺术家来说，最大的挑战莫过于了解艺术的抽象语言了。他们的任务是要探究自然和人含义的根源，而不是去描摹其表面形式，因为除了了解能使我们看清隐藏于事物表面之下的各种原因以外，别无它路可走。但他们试图了解和发展这种洞察力的实验并非都是成功的，超现实主义显然例外。

超现实主义是现代欧洲艺术中最后一次著名的运动，是20世纪艺术家与诗人最后一次有效合作的表现。超现实主义坚决拒绝了日常习惯的事物关系，相信在现实世界以外，尚有一个彼岸世界，它深藏在人们的潜意识之中，而只有当浮现这个梦幻境地时，才能最真诚地显示人的真实意念和愿望。这一点明显区别于象征主义，后者是要通过自然的变形来暗示和创造另一个世界。不过使我想起了19世纪初数学家鲍耶在完成非欧几何学的创始工作之后说过的一句话：在虚无中，我开创了一个新世界。在这儿，科学与艺术眉目传情，妙不可言。

和弗洛依德一样，超现实主义十分强调梦的材料的重要性，而所谓梦的材料的选择需要"诗性的智慧"，这正是机智的最高表现，也是超现实主义的精华所在。从严格意义上讲，所谓的"自动写作法"是不存在的，或者说是不切实际的，否则就会成为"无益的幻想"。超现实主义艺术代表人物萨尔瓦多·达利就采取了极为理性

的态度去审视幻觉中的自己，而比利时人勒内·马格里特显然是另一位具有“诗性的智慧”的天才艺术家，他用魔术师般诡谲的手构成现实生活意外的奇遇，通过游离、错位、对比和碰撞，得出了惊喜交加的结论，给我们以启示的震撼。其作品在回忆与希冀间徘徊，一种暧昧不清的境界，使“梦幻”和“现实”得到完美的统一。

“拼贴”是20世纪艺术的一个重要特征，从立体主义画家勃拉克直到美国波普艺术的代表人物劳森伯格都喜欢这种表现方式。和前面提到的游离和错位一样，“拼贴”也需要一种背后隐藏着的“诗性的智慧”。第一代超现主义诗人艾吕雅最早通过两个或多个画面的无意识拼贴，把偶然的成分搀杂到诗歌中去，打破了主观和客观、意愿和现实之间的界限，使语言充满活力，使读者回顾自身，体会到一种令人迷惑的快感。如他的诗《情人》：

她正站在我的眼皮上
她的头发夹在我的头发中
她的颜色和我的眼睛一样
她的身躯是我的一只手
她完全被包围在我的阴影中
好像一块石头衬着蓝天

她永远也不肯闭上她的眼睛
她也不肯让我睡眠
她在大白天做的梦
使得许多阳光都化成了蒸气

我止不住哭笑之后又大笑

在我无话可说时不停地讲

在写这首诗时,艾吕雅至少无意中注意到了:每个人和他的情人相处的方式各不相同,因此模棱性受到青睐。

五 诗歌的基础:相似性原则

那些厌恶理论的经济学家,或宣称没有理论可以过得更好的经济学家,不过是受一种较为陈旧的理论支配罢了。

——J. M. 凯恩斯

1956年,罗曼·雅各布森在研究所谓失语症这一语言错乱现象时发现,两种主要的并且对立的组合错乱("相似性错乱"和"邻近性错乱")竟然和两种基本修辞("隐喻"和"转喻")紧密相关。比如,在隐喻"汽车甲壳虫般地行驶"中,甲壳虫的运动和汽车的运动"等值",而在转喻性的短语"白宫在考虑一项新政策"中,特定的建筑和美国总统是"等值的"。广义地说,隐喻是以人们在实实在在的主体(汽车的运动)和它的比喻式的代用词(甲壳虫的运动)之间的相似性为基础的。而转喻则以人们在实实在在的主体(总统)和它的"邻近"代用词(总统生活的地方)之间进行的接近的或相继的联想为基础。用索绪尔的概念来分析,隐喻从本质上讲一般是"联想式的",它探讨语言的"垂直的"关系,而转喻从本质上讲一般是"横向结合的",它探讨语言的"平面的"关系。

在上述发现的基础上雅各布森提出了具有普遍意义的语言学概

念:等值概念。在作诗时,我们既“选择”词语,同时又“组合”词语,在这个过程中要注意“等值的符号”,被我们联结在一起的词语是那些在语意上或节奏上或其他方式上等值的词语。雅各布森因此得出了诗歌功能的最著名的论断:诗歌功能是把等值原则从选择轴弹向组合轴。换句话说,在诗歌中,相似性是附加在邻近性上的。这不像在日常语言中那样,词语仅仅是为了它的要传达的思想串连在一起,而且要注意它们的声音、意义和内涵造成的相邻性、对称、平行等问题。

雅各布森还对隐喻和转喻两种模式作了区别,例如在绘画中,他把立体主义归结为转喻的模式,而把超现实主义归结为隐喻的模式。引用穆卡罗夫斯基关于“凸现”的论述(即语言的“美学的”用法把“表达行为”本身推向最重要的地方),雅各布森更为精确地指出,在诗歌里,隐喻模式试图得到凸现,而在散文中,转喻模式试图得到凸现。那么在诗歌里,隐喻模式又是如何凸现呢?苏珊·朗格对此作了阐释:隐喻并不是语言,而是通过语言达到的一种概念,这一概念本身又起到表达某种事物的符号作用。在某些时候,我们对于一种整体经验的把握就是借助这种隐喻性的符号进行的。由于这种经验是全新的,而我们平时使用的语言中的语词和句子又只能适合表现那些熟悉的观念,所以语言就会紧随着这样一些无有名称认识的出现而得到扩大。

总之,对诗歌来说,相似性是至关重要的。相似性表现在对词语的选择过程中,而所谓词语的选择并不是一个简单的摹仿过程,现代诗歌需要机智,正是机智或诗性的智慧帮助我们从词语的贮藏室中选择出个别的词语组合成特定的话语。

六　结束语:诗歌是启示

……任何
高贵的话不会死亡,我知道
词语是唯一的永恒:灵魂
许诺,我知道有一天纯粹的人将会出现
建立在十分牢固的语言基础上
——皮埃尔·埃马纽埃尔

那么诗歌是什么?这种迷人的由于从未完全把握而需要永远追求的东西。安托南·阿尔托说:好诗是一种坚硬的、纯净发光的东西。一种魔力或一块水晶的某种自然的东西被粉碎或劈开了(保尔·瓦莱里语)。

"诗歌是启示",处于与黎明水乳交融的快乐之中的佛兰兹·卡夫卡告诉我们:"诗歌不是(像小说那样)在现实面前的逃避。"的确"诗人在心灵的认知方面是我们的大师",安德烈·布勒东在一篇超现实主义宣言中转引佛洛依德医生的话说。甚至威廉·福克纳也在晚年彬彬有礼地承认:我做不了诗人。也许每一位长篇小说家最初都想写诗,发觉自己写不来,就尝试写短篇小说,这是除诗以外要求最高的艺术形式,再写不成的话,只有写长篇小说了(这使我想到赛跑运动员)。

一个既显而易见又难以明证的事实是,在所有的艺术领域里,诗歌是需要天才的。法国诗人兰波,这位19岁就结束了诗歌生命的"最了不起的少年"(魏尔仑语),和波德莱尔、马拉美共同开创了现代诗歌，就像塞尚、凡·高和高更开创了现代绘画，就像（稍后的）德彪西、勋伯格和斯特拉文斯基开创了现代音乐。或许在人类文明史上只有数学家伽罗华可以与之媲美，兰波的这位同胞与爱伦·坡生活在同一时代，他在20岁那年死于为情人决斗，此前还两次作为政治犯被捕入狱，但却是19世纪最伟大的数学家之一。

拼贴艺术

拼贴(collage)是20世纪艺术的一个重要特征。一般来说,拼贴是指把照片、新闻剪报或其他薄的材料裱糊在绘有细节的画布上,它是一种绘画上的技巧。但在这里,我想把这个词的涵义作较为广泛的延伸。我理解的拼贴是指把不相关的画面、词语、声音等随意组合起来,以创造出特殊效果的艺术手段。在这个意义上,拼贴的方法早在古埃及的石雕艺术中就已经使用过了。

一　斯芬克斯

在开罗西南郊外卡夫法老王(约公元前27世纪)的金字塔旁边,伏卧着一座十多米高的巨型石雕,它的面部是按照卡夫拉王的相貌塑造的,身体是一头雄壮的狮子,它就是著名的斯芬克斯狮身人面像。

以现代人的眼光来看,把最有权威的君王想象成为人兽的混合体,未免是一种古怪的念头。但从历史的发展来看,却自有其渊源。原始社会的各个部落,都有以某种禽兽作为标志的所谓“图腾”。“图腾”(totem)一词最早来源于北美印第安语,意思是“他的亲族”。依照原始人的想象,他们与自己赖以生存的某种动物本是同一祖先,当然可以相互结合或转化。以美色著称于历史的克莉奥帕特拉女皇,她的名字由11个图形拼成,包括一头狮子和两只雄鹰。在宗教社会里,这些东西又成为“神”的形象，例如“斯芬克斯”象征着“天地两界的赫洛斯大神”，又如“肖克米特”女神雕像，她有着窈窕健硕的女性身体，却长着母狮的脸，头上还有辫子一样盘绕的眼镜蛇，她代表了最大的太阳神——“拉”的光芒。

在两河流域的美索不达米亚，也出现了人和兽结合在一起的典型形象。最著名的是公元前二千年留下的一张牛头琴，琴箱上画着人头牛身像和生着蝎子尾巴的人物，其想象力和幽默感之丰富绝不逊色于现代童话作家和动画片画家。同样著名的还有，公元前七至八世纪亚述时代的石雕“人首飞牛”，它是王宫的守护神。

二　贺拉斯:《诗艺》

可是，到了爱琴文化和希腊文化，这种人兽的混合体却销声匿迹了（在神话故事里出现除外）。从赫拉克里特经德谟克利特到柏拉图，都认为文艺是摹仿现实世界的。以摹仿说为基础，亚里士多德完成了传世之作《诗学》。和《诗学》一样有着千年影响力的《诗艺》是古罗马最负盛名的文艺理论家兼诗人贺拉斯的代表作。在这本书的开头，他以非常权威的口吻写道：

> 如果画家作了这样一幅画像：上面是个美女的头长在马颈上，四肢是由各种动物的肢体拼凑起来的，四肢上又覆盖着各色羽毛，下面长着又黑又丑的鱼尾巴，朋友们，如果你们有缘看见这幅图画，能不捧腹大笑吗？……

两千多年来，艺术的发展和变化令人眩目，但都只限于摹仿的技法和对象的更新，直到19世纪中叶。

三　洛特雷阿蒙

1859年，达尔文发表了《物种起源》，提出了生命进化学说，从而宣告了试图通过宗教达到理想的精神世界的梦想的彻底破灭，人们不再相信自己是上帝创造的了，人不过是猿猴的后代。当时年仅13岁的法国少年洛特雷阿蒙仍在他的出生地蒙得维的亚，次年即被做外交官的父亲送回巴黎上中学，并委托一个银行家按时支付给他生活费。洛特雷阿蒙在巴黎非常孤独，没有什么朋友，他很快接受了达尔文的学说，感到自己长期以来被上帝和人类愚弄了。他咒骂上帝，因为“造物主不该造出这样一个坏蛋”。他咒骂人类，因为他们是自以为了不起的“崇高的猿猴”。于是，在他眼里，人的一切都变了样：人的嘴像吸盘，动作像鲨鱼，眼睛像海豹，脖子像蜗牛，腿像蛤蟆，表情像鸭子，秃顶像乌龟壳，脱光了像一条虫。就这样，人与禽兽之间的类似，成了他想象的核心。在他的里程碑式的长诗《马尔多洛之歌》（1869）里，作者的影子——主人公马尔多洛有着动物的外形。作为一条鱼，一头猪或一只漂亮的蟋蟀，快乐地生活着。卡夫卡后来也描写过人的变形，但变形在他的笔下是一桩痛苦莫名的事。

现在看来，洛特雷阿蒙是现代拼贴艺术踽踽独行的一位先驱。因为在此以前，无论是埃及石雕还是古代神话都起源于宗教。洛特雷阿蒙并没有像他的同胞诗人波德莱尔（只比他早死三年）那样为公众瞩目，在《马尔多洛之歌》出版后的第二年，即郁郁死去，年仅24岁。他给自己草拟了墓志铭:“此地安息着一个死于肺病的年轻人,你们知道为什么,不必为他祈祷。”1910年,法国作家瓦莱里·拉尔博发现并赞扬了这部诗集。十多年以后,超现实主义运动兴起,《马尔多洛之歌》被奉作《圣经》,洛特雷阿蒙的诗句“美得像一架缝纫机和一把雨伞邂逅在手术台”更是成为至理名言。

四 毕加索和勃拉克

1908年,西班牙画家毕加索无意中把一张小纸片贴在一幅题为《梦想》的素描的中心,这成了第一幅贴纸(papier colle),它是拼贴的前身。1910年,毕加索和法国画家勃拉克都使用了字和字母,特别是勃拉克,他在《葡萄牙人》(1911)中使用了一丝不苟的手写字和数码。最早一幅完整的拼贴可能是毕加索的《静物和藤椅》(1911—12),在这幅作品中,毕加索使用了一块普通的油布,画上了摹仿藤椅的图案,然后在上面画满了特别自由大胆的静物。

拼贴的采用,标志着毕加索和勃拉克的分析立体主义阶段的结束和综合立体主义阶段的开始,此后他们(包括胡安·格里斯)的绘画一直离不开拼贴,直到创造出伟大的作品《三个乐师》(毕卡索,1921)。另一方面,虽然勃拉克在较长的一段时间里保持了对贴纸的浓郁兴趣,但早在1912年,毕加索就用金属片和金属线作了一个雕塑(《吉他》),这个雕塑是着了色的立体吉他的三度投影。在1913年和1914年,他又作了木头、纸和其他材料的雕塑品,他甚至用木头和金属装配乐器。这些是现代拼贴雕塑的开始。值得一提的是,法国画家马蒂斯晚年在试验色彩关系时,使用了彩色剪纸,这是贴纸的一种特殊形式。他为一本名为《爵士音乐》(1947)的书所作的插图,就是用这种贴纸设计和装饰的,这也代表了他后期绘画的趋势。应该说马蒂斯是运用贴纸最为成功的艺术家。

就在毕加索创作第一幅贴纸《梦想》的第二年,即1909年,意大利诗人、文艺批评家马里内蒂在法国的《费加罗报》上发表了《未来主义的创立和宣言》,宣告了未来主义的诞生。1911年秋天,未来主义画家卡腊和波菊尼访问了巴黎,在他们学到的东西里面,就有立体主义的拼贴方法。例如波菊尼的《内心状态:告别》(1911),画家小心翼翼地描绘上一些数字,真实得像拼贴的构件。另一位未来主义画家塞韦里尼从1906年起就住在法国,他完成于1912年的作品《塔巴林舞会象形文字的动态》,几乎包括了立体主义拼贴的所有手段。他精心写出了VALSE(华尔兹),POLKA(波尔卡),BOWLING(滚木球)等单词,女孩子的衣服则加金属装饰拼贴,再现了巴黎夜生活的欢快和乐趣。正如他在一篇文章中写到的:"这些日益增多的抽象密码,给予人的内心感受的动力方面以普遍的意义。"

五　达达和超现实主义

如果说拼贴对立体主义来说是一种艺术上的尝试,在未来主义那里表现为一种意识形态倾向,那么对达达主义来说拼贴就是为了它的无政府主义目的,而到了超现实主义那里,拼贴简直成了艺术的同义词。

达达主义最早出现在瑞士。1916年,德国作家雨果·巴赫在苏黎世开设了伏尔泰酒馆,标志着达达运动的真正开始。据说"达达"

这个词是罗马尼亚诗人查拉在随便翻阅一本德法词典时产生的,"达达"意指儿童木马,这件事本身就意味着手和词典的"偶然相遇"。达达运动几乎同时出现在瑞士、美国和德国,并有了各自的代表人物:阿尔普在苏黎世,杜桑在纽约,恩斯特在科隆。让·汉斯·阿尔普,画家兼诗人,他的名字就是拼贴成的,让是法国的,汉斯是德国的。阿尔普首先倡导了"根据机遇规则安排的"拼贴画,1916—1917年间,他搞了一些撕裂的拼贴画:一片片模糊不清的矩形色块,排列在纸上。阿尔普曾经把一幅使他不快的画撕碎,随手撒在地上;突然,他在落下的碎片排列中看到了问题的解决方法。最具达达主义精神的画家是马塞尔·杜桑,他于1911年创作的《叶伏尼和马德兰撕成碎片》,是通过把两个妹妹的肖像撕碎,然后以不同的尺度和视角重新组合起来的。1912年,杜桑从未来主义对机器世界的赞美声中获得启示,他发明了"机器绘画",并创作了一系列包括《处女》、《从处女到新娘的经过》、《新娘》以及《新娘甚至被光棍们剥光了衣服》等名画,这些风格零碎的拼贴画是用讽刺的幽默表达失望的情绪的。杜桑的《喷泉——尿壶》(1917)和《长胡子的蒙娜·丽莎》(1919)更是使他一度成为世界性的臭名昭著的人物。

随着第一次世界大战的结束,达达运动失去了最初的动力和激情。事实上,它已经完成了自己的历史使命。1924年,诗人安德烈·布勒东在巴黎发表了第一个超现实主义宣言,达达主义正式让位给超现实主义。起初,超现实主义画家从期刊、目录、小说插图中搜集各种形象材料,然后把它们放在一个毫不相干的背景中拼凑起来。这样的拼贴没有了传统的形象意义,而成了揭示偶然性、刺激想象力的实物。拼贴的材料不仅可以用文字和图画,而且可以用任何东西:废纸、火柴、木头、玻璃、沙子、贝壳、羽毛、钉子、旧鞋等。例如马松常在他的画上溅上胶水然后撒上黄沙，而达利的《内战的预兆》(1936)则是用煮熟的四季豆完成的软建筑。

以上我们谈到的例子实际上都属于粘贴(coller)的范畴，coller这个词在法语里的意思是“粘合”。正如保罗·瓦莱里在1939年指出的：“真正伟大的艺术和文化，以其形式的纯粹和思想的严密见称。”许多超现实主义画家都先后摈弃了实物粘贴，而是在画面的组合上下工夫。例如米罗十分喜欢儿童画、原始艺术和民间艺术。他欣赏儿童画的天真、纯洁，原始艺术中表现出来的神奇的想象力，民间艺术的无拘无束以及由这些艺术自由结合在一起所产生的幽默和抒情。唐吉则描绘了一块似海似陆的地方和一些朦朦胧胧的东西的轮廓，它们具有生物的外形、章鱼的腿、肉茎、鳃、伪足。而达利时常把用传统的现实主义手法画成的各种东西拆开，然后根据幻觉或突如其来的灵感将它们重新组合、堆砌。至于马格里特，几乎是魔术师般地把我们带入一个神奇的世界。在《暴雨降临的天气》(1934)中，出现了一个举重运动员，可是运动员的头部由哑铃的一只铁球代替了。《透视》(1951)是以新古典主义画家大卫的名作《雷米埃尔夫人》为蓝本，作品的其他细节全部和大卫的原画一模一样，可是用一口一头翘起的棺材代替了雷米埃尔夫人。最妙的是《自由决定》(1965)，画中一个年轻文雅的女骑手，穿过一片被树木分隔的树林。马被树木拦截成几段，看上去既像是在树的前面，又像是在树的后面，这把我们引进现实和幻觉的矛盾之中。

马格里特《自由决定》

六　镶嵌几何学

每一次艺术上的创新都可以在数学中找到它的相应例证。就拼贴而言,最好的数学对应是镶嵌几何学(mosaics)。很有趣的镶嵌问题是用全等的正多边形填满平面。设 n 是每个多边形的边数,则这样一个多边形每个顶点的内角度数是 $a(n)=180(n-2)/n$。例如,$a(3)=60$,$a(4)=90$。如果我们要求一个正多边形的顶点只能和另一个正多边形的顶点相接,那么每个顶点上多边形的个数为 $2/a(n)=2+4/(n-2)$,要使这个数是整数,必须 $n=3$、4 或 6。也就是说我们只能用全等的正三角形、正方形或正六边形才能填满平面。而如果我们要求把一个多边形的顶点放在另一个多边形边上,则集结在每个顶点上的多边形的个数为 $1+2/(n-2)$,因此我们必须有 $n=3$ 或 4。以上数学计算都是非常初等的,每一个读过中学数学的人都可以推出。

镶嵌的变化和形式非常之多,下面再举一个较为复杂的例子。假如我们有一镶嵌形式,由在每一个顶点上三种不同的正多边形组成。如果这三种正多边形分别有 p、q、r 条边,可以证明:$1/p+1/q+1/r=1/2$。易知 $p=4$,$q=6$,$r=12$ 为此方程的一组解,也就是说存在一种镶嵌,它由全等的正方形、正六边形和正十二边形构成。

七　蒙太奇和电影

蒙太奇是法语 montage 的音译。原义是构成、装配,用于电影方面有剪辑和组合的意思,它是电影艺术的重要表现手段。如果说拼贴对画家来说是一种革命性的创举，那么电影导演使用蒙太奇则是不由自主的。

最初，在路易·卢米埃尔时代，影片只是普通的活动照片，它们的长度很少超过20米，放映的时间不超过一分钟，它们一次拍成，没有什么蒙太奇可言。不过，有时摄影师在拍摄一次官方检阅时，为了避免冷场，会停止拍摄一段时间，然后再接下去拍。这样，就产生了拍摄过程的中断，可还算不上真正的蒙太奇。1895年，卢米埃尔拍摄了四部描写消防队员生活的短片，其中的一部《水龙救火》有从火焰中救出一个遭难者这一精彩的场面而达到戏剧性的高潮，这或许是最早出现的蒙太奇。摄影师把在不同场所下拍摄的几个场面连接起来，但这也只不过是根据事实联系的逻辑串连。而被认为是第一个拍摄故事片的乔治·梅里美却把从厨房里走出来的姑娘和走进舞厅的灰姑娘连接起来，并把它称作“场面的转换”。不过，他和那个时代的其他导演一样，拘泥于戏剧的美学，所以未曾利用视角变化的蒙太奇。

第一个对蒙太奇理论和实践做出重要贡献的是苏联电影导演谢尔盖·爱森斯坦，他对蒙太奇下的定义是：“将描绘性的、含义单一的、内容中性的各个镜头组合起来。”按照爱森斯坦的说法，蒙太奇与象形文字之间有一致之处。两个不同的象形文字融合在一起即构成一个表意文字，例如狗的图形加上嘴的图形即成为“吠”。表意文字不是两个象形文字之和，而是它们的乘积。爱森斯坦指出这种区别，意在说明虽然每一个象形文字代表一个物体，但表意文字却代表一个概念，代表另一个纬度上的价值。在他看来，镜头不是蒙太奇的组成部分而是细胞；可以这么说，细胞分裂形成另一等级的实体。各个镜头，或蒙太奇细胞作为单独的存在是没有价值的。个别形象本身越引人注目,影片就越像一系列漂亮而互不相干的照片。蒙太奇不是简单的一连串连续的画面,而是一种能够产生出新的思想的"冲击效果",或者说是形象的冲突。爱森斯坦的理论不仅是对电影蒙太奇,而且对一般的拼贴艺术也有指导意义,他于1925年拍摄的《战舰波将金号》集中体现了他的这一思想,同时成了电影史上最伟大的作品之一。

在现代电影导演眼里,蒙太奇还是剪辑技巧的同义语,包括交叉剪辑、简短或冗长的场面、特写或长镜头、片断的视觉关系等等,所有这些东西的运用使影片带有导演个人的特征。例如,雷奈常常用切入镜头来表现过去,这些镜头很短,并且在意想不到的时刻出现。相反,安东尼奥尼则用长镜头,他用移动摄影机跟拍动作,不打断场面。一部雷奈的影片镜头数量大约三、四倍于安东尼奥尼的影片,而戈达尔则摇摆于这两者之间。有些影片镜头是直接按时间剪辑的(如安东尼奥尼),另一些则按一种断断续续、前后颠倒的顺序剪辑(如雷奈)。英格玛·伯格曼,一位深深理解布勒东"美由宁静来传达"的电影大师,在他所有的影片中运用静态的和从容不迫的剪辑,特写和交叉剪辑运用得恰如其分,使全景场面好像未被打断过似的。另一方面,库布里克则喜欢零碎的剪辑风格和在时空剪辑处理上的绝对自由(这让人想起杜桑的机器绘画),音响也常常同银幕上的画面完全无关(就像唐吉的一些绘画内容与标题毫无关系一样)。

八　20世纪的音乐

无论你愿否接受,一个存在已久的事实摆在我们的面前:现代音乐衰落了。尽管出现了斯特拉文斯基那样伟大的天才,以及勋伯格、巴托克、贝格尔等第一流的作曲家，整个20世纪仍然在上演18、19世纪的音乐，卡拉扬、伯恩斯坦、小泽征尔，或是海菲兹、梅纽因、斯特恩，都以指挥或演奏经典作品遐迩闻名，现代音乐对他们的听众来说多少是一种高级调味品，或者是作为时尚被喜爱和保留。甚至法国当代最重要的先锋派作曲家彼尔·布列兹也承认，自从第一次世界大战以来，音乐在发展上没有取得什么成就。

综观20世纪的艺术，绘画在实验方面走得最远，取得的成就也最为丰硕，这与绘画是以视觉的、空间的符号为基础不无关系，我认为这种符号在特征上倾向于“智慧”。而音乐是以听觉的、时间的符号为基础的，用符号学家皮尔斯的话讲，这种符号在特征上倾向于“象征”。我不想断言，听觉到象征为止，但至少在目前这个阶段人类的听觉在智慧方面的接受能力不及视觉。以拼贴为例，我们的听觉很难在瞬间把握复杂音响的合成效果，虽然时间可以延续，但乐音在不断变化。同时，音乐常常是需要现场演奏的，剪辑的技巧难以利用，我们总不能把音乐分为两种形式：供录音的音乐和供演奏的音乐。

另一方面，以摇滚乐为代表的流行音乐和爵士音乐却在世界范围内取得了前所未有的发展。摇滚乐的来源比较复杂，不过可以看出它吸收了黑人音乐（如布鲁斯）、乡村音乐和民间音乐（这几乎和米罗绘画中的原始素材一样）。最有影响的摇滚乐队是来自英格兰利物浦的甲壳虫（beatles），歌手们在歌词中叙述故事，评论社会问题，形成了自己的风格。在配器方面，则体现了拼贴的技艺，除了电吉他、电钢琴、电风琴占有特别重要的地位以外，还使用了种类极其繁多的伴奏乐器，包括弦乐四重奏组、古钢琴、巴罗克小号，甚至还有西塔和手鼓。甲壳虫乐队的音乐、风度和生活方式曾使世界上千百万人为之入迷。

九　现代诗歌与拼贴

现代拼贴艺术发轫于诗歌与绘画日趋接近的19世纪。现代主义的先驱人物波德莱尔可以说是第一个真正用视觉形象进行思考的伟大诗人，他对色彩的敏感为后来的画家随意赋彩提供了理论依据："我要把草原染成红色，河流画成金黄色，树木染成蓝色……"兰波也有强烈的色彩感和视觉形象："我发明了母音字母的色彩——A黑，E白，I红，O蓝，U绿。"他的"文字炼金术"后来在马克斯·恩斯特的拼贴插图里演变为"视觉炼金术"。马拉美或许是第一个写作图案诗的现代诗人，他构思了一生而终究没有完成的作品《骰子一掷绝不会破坏偶然性》(1898)片段，隐含了立体主义拼贴的根源。他的诗集《掷骰子》在版面上被安排成表意文字，表现了某种流动意向和单词本身的图案，因此给诗增加了一个新的空间度。阿波利奈尔的《美好的文字》(1918)采用了同样的方法，只是更侧重于幽默和偏爱表现性的表意文字。他的"谈话诗"则是无意中听到的片言只语的文字拼贴。

与绘画的情形一样，现代诗歌的拼贴也经历了立体主义、未来主义和超现实主义等各个阶段，这里我就不一一赘述了。在当代，拼贴的手法对任何一位重要诗人都是不可或缺的。究其原因，诗歌虽然是以听觉方式出现的语言，但当它被记录下来或印刷成文字时，就成了视觉性的了。用符号学家的话说就是，诗歌除了发布有关它内容的象征信息以外，还借助印刷术的视觉手段发布有关它本质的图像信息。也就是说，诗歌兼有了绘画和音乐的双重特性。顺便提一句，我认为比较而言，浪漫主义的诗歌接近于音乐，现代主义的诗歌接近于绘画。

大概正因为如此，20世纪诗歌的发展几乎和绘画方面的成就等量齐观。事实上，仅仅就拼贴手法的运用来说，诗歌与绘画相比有过之而无不及。在诗歌中，拼贴因素的构成可以是局部的，也可以是整体的；可以是双重的，也可以是多重的；可以是形象的，也可以是抽象的，甚至可以是形象和抽象的组合。总之，比起绘画来要自由得多，复杂得多。要把这个问题作进一步的解释，需要另写一篇文章，在那里，还应该把单纯的意象重叠和拼贴区分开来。

除了诗歌以外，拼贴也进入了其他文学形式，例如皮兰德娄在剧本《六个角色寻找一个作者》(1921)里试图用一种拼贴方法把戏剧中的俗套组合起来，他的作品中对整体的分析技巧和毕加索的绘画如出一辙。恩斯特的小说《女人百相》(1929)、《想当修女的小姑娘的梦》(1930)和《一周友爱》(1934)以及与艾吕雅合著的一些小说，将诗意的拼贴画面和文字因素组合在一起，使他成为本世纪最多才多艺的艺术家之一。

十　罗兰·巴尔特

1973年，法国文学批评家、文艺理论家罗兰·巴尔特在《文本的快乐》一书里区分了阅读过程中的两种“快乐”，即“快乐”(plaisir)和“极乐”(jouissance)，后者意味着狂喜，甚至性的快乐。他认为快乐来自直接的阅读过程，而极乐则来自中止或打断的感觉；“外衣裂开的地方难道不是身体最能引起性感的部分吗？”这既支持了精神分析学的观点，同时我认为也解释了拼贴艺术的魅力所在。一个裸体比“留有衣缝之处”更少些色情，“当外衣裂开的时候”，公共的、正常的语言

(画面、声音)被突然中止、破坏,并被极度兴奋地超越,这样就会出现极乐:

> 快乐的文本就是那种符合、满足、欣喜的文本,是来自文化并和文化没有决裂的文本,是和舒适的阅读实践相联系的文本。而极乐的文本是把一种失落感强加于人的文本,它使读者感到不适(可能达到某种程度的厌烦),扰乱读者历史的、文化的、心理的各种假定,破坏它的趣味、价值观、记忆等等的一贯性,给读者和语言的关系造成危机。

可是一旦对极乐的文本作出创造性的判断或反应,则读者就会获得一种狂喜。事实上,早在1953年,在处女作《写作的零度》中,罗兰·巴尔特就认识到了:"新的诗歌语言运用方式中的不连贯性造成了一个隔断的自然界,它只能一块一块地显示出来。这使得世界的联系变得模糊不清,但是在文字中具体事物的地位却大大提高了。"他由此得出结论:诗的词语的表现力构成了一个绝对的客体;自然界成了一连串挺立的事物,它们突然站了起来,充满了各种可能性。在他的另一部力作《S/Z》(1970)中,罗兰·巴尔特把文学划分为两类:一类是赋予读者一个角色,一种功能,让他去发挥,去做贡献;另一类是使读者无事可做而成为多余的人。这一分析似乎无懈可击。显然,拼贴艺术就是要让读者或观众成为一个角色,一个可以自由想象的角色。不仅如此,拼贴的采用也使得艺术作品越来越成为"一种现实世界所增添的事物,而不是现成事物的反映"(哈罗得·劳申伯格语)。

十一　结论:现代神话

那么拼贴究竟是什么呢？我认为它是现代神话的一种绝妙的不可替代的隐身术。

神话(mythos)是人类对自然和社会现象作出的最初的解释,是人类为自己的生活所寻得的第一种意义。恩斯特·卡西尔认为神话是人类智慧的两个起点之一(另一个是语言),他说:"神话、语言以及与之密切相关的宗教、艺术具有把特殊事物提高到普遍有效层次上的功能。"的确,神话是"幻想的","超现实的",它既带有鲜明的民族特色,如希腊神话、北欧神话和中国神话,又具有人所获得的普遍观念。卡尔·荣格在阐释"集体无意识"理论时指出:"在许多民族的远古神话中都有力大无比的巨人或英雄,预卜未来的先知或智慧老人,半人半兽的怪物和给人们带来罪孽或灾难的美女……"原始神话大多是借助某种艺术形式表现出来并留传后世的,如史诗、戏剧、雕刻、绘画等等。事实上,原始神话和艺术是浑然一体的。弗·施莱格尔在考察分析了希腊文化后指出,希腊神话是希腊精神世界的中心点,是一个未分割的、自足的整体,是希腊诗歌、哲学、历史和艺术的源泉。

随着人类文明的进步,尤其是科学技术的发展,神话的概念消失了,文明进入到了一个唯理主义的阶段。这一现象首先被哲学家们注意到,早在18世纪末,施莱格尔就忧心忡忡地讲,如今人们已经没有神话了,人们失去了一个中心点。他看到,诗人丢弃了神话这一符号,结果,他也就失去了与现实的内心意义相沟通的媒介。后来的尼采也说:"由于神话的毁灭,诗被逐出她自然的理想故土,变成无家可归了。"于是，人们开始考虑重建一种新的神话，即现代神话。施莱格尔宣称："不行，我们非得再造一个出来不可。"但这又谈何容易。谢林就自以为是地认为神话必将哲学化，哲学必将神话化，以至于神话成了他的哲学的归宿。1873年，马克斯·米勒只得承认："我们完全可以相信，一如荷马时代，今天仍然存在着神话，只不过我们对之视而不见罢了。"

进入20世纪以后，神话的研究越来越受重视，例如苏姗·朗格认为音乐就是人的内在生命的神话，是一个年轻的、有生命而又有意义的神话。"新神话学"批评家切斯则认为一首具有"颤动活力的"诗是神话性的。这些观点未免有些泛泛空谈。我认为，现代拼贴恰好是新神话的绝妙的不可替代的隐身术，它不仅具有"幻想的"、"超现实的"气质，几乎同时出现在各个艺术门类中，还冲破了民族的狭隘意识，成为世界性的。比较于一个世纪前米勒给神话下的定义，即神话是语言投射在思维上的阴影，他认为，最高意义的神话，是语言在心理活动的一切范围内施加在思维上的势能。在我看来，拼贴正是他所说的阴影或势能。当然，这里的语言的涵义可以延伸，包括绘画的语言、音乐的语言、电影的语言等等。我们高兴地发现，在20世纪艺术领域中，拼贴比其他任何具体的技巧或风格都在更为广泛地流传着，这是因为在人类的各种经验、情感、身体的各个部位以及自然界之间存在着无数潜在的、隐秘的相互关系，对这些关系的发现是令人陶醉的、撩拨人心的，同时也是通过拼贴的手段完成的。我们有充分的理由相信，现代艺术和拼贴就是一个东西，一个不可分离的统一体。

在耳朵的悬崖上(附录)

在耳朵的悬崖上

——余刚对蔡天新的访谈

余刚(以下简称“余”):我知道,这个月(五月)你就要去南非海滨城市德班参加第七届非洲诗歌节。在我的印象里,你是近年来参加国际诗歌节最频繁的中国诗人,行程一直没有停下来。譬如去年夏天你去瑞士参加了苏黎世诗歌节,接着去意大利参加了热那亚诗歌节,你在苏黎世期间我们还在网上聊过天。再往前我记得你参加了哥伦比亚的麦德林诗歌节和阿根廷的罗莎里奥诗歌节。假如非典型肺炎没那么猖獗,你今年还会获得更多的邀请。我想问的是,这些诗歌节有趣吗?都有哪些诗人参加?我们为什么没有自己的诗歌节?

蔡天新(以下简称“蔡”):首先我想说的是,被邀请参加诗歌节与一个人的诗歌成就并无绝对的关系。之所以获得这样那样的机会可能是因为,我的外语在汉语诗人中间还算可以,认识的外国诗人也比较多,加上我的诗歌已被译成主要语种,尤其幸运的是,我的译者几乎全是诗人,我自己也参与了个别语种的翻译或校对工作。就像导演和演员们喜欢出席电影节一样,平日很少免费旅行的诗人当然不会放过诗歌节这样的机会,同时还可以借机推销自己的作品。至于被邀请的诗人大致有三类,名头很大的诗人如诺贝尔奖得主,富有表演欲望和朗诵才华的诗人,其他因为各种因素获得邀请的诗人。若是想要在目前的中国举办国际诗歌节,必须改变的是政府、财团和公众对诗歌和诗人的认识。

余:参加国际诗歌节,我觉得十分重要的一点是能拓展我们的视野,关于诗歌在社会生活中的地位,诗歌在别的国家是否也这样孤立无援,诗歌是否像经济危机一样出现世界性的衰退,诗歌是否真的已变成一个小品种,所有这些问题,我觉得可以通过国际交往获得某种答案,即别的语种的诗人处境是否也是这样糟糕?这个问题困惑我们已经十几年了,现在应该有一个比较明确的说法。另外,我还注意到,你并没有因为频繁的异国旅行而使自己的创造力有所减弱。我记得小说家余华国际交往最活跃的一年(2001),也才参加了三个文学节,但他却自嘲因为不甘寂寞写不出作品。

蔡:应该承认,诗歌确实出现了世界性的衰退,就像你用的词汇:有点糟糕。我在《北方,南方》(注:2007 年花城出版社再版时书名改为《与伊丽莎白·毕晓普同行》)里曾经提到,上个世纪 40 年代英美诗人的聚会照片可以刊载在《生活》这类时尚杂志上,如今出现在这家杂志上的要么是好莱坞明星,要么是富豪王妃。正如英国作家赫·乔·韦尔斯指出的,19 世纪以来,小说在文学中升居主要地位。工业化造就了生活的复杂化,要懂得生活和知道生活中正在发生着的事情,要严谨而敏锐地探讨生活的目的和愿望,诗歌在形式上的局限性就凸现出来。随着交通工具的改进和信息时代的来临,人们渴望对外部世界的真实了解,这是一个充满诱惑和好奇心的年代,诗歌甚至小说无法让人满足。可是,能够让一个民族的语言保持鲜活的唯有诗歌,同时,诗歌也是展现一个民族智慧的最有效途径之一。

余:现在我想谈谈你的创作。你的第一部诗集《梦想活在世上》是一本诗歌白皮书,我注意到,那段时间你的房间墙上贴着几幅单线条的抽象画,还有一些悬挂的小物件,而你那时的诗歌也挺单纯,以两行一节的作品居多。到了《阿波利奈尔》时期,你的客厅里出现的是蒙德里安大色块的抽象画,与此相应你的诗歌加入了一些迷人的因素,如光线一样的变化,不动声色的情感、奇特的造型和细部的描写等等。但我认为你真正突飞猛进的时期,应该是在哥伦比亚及美国写的诗歌,那种明媚、像海水一样湛蓝同时又厚重的诗句,令人感动,它可以和现今的绝大部分优秀诗歌媲美。我要问的是,你在哥伦比亚的房间里又挂了什么?

蔡:恐怕与你想象的不一样,只有几幅西班牙语版的地图,还有房东自己的素描作品。不过,我的收音机里一直在播放当地的音乐,那种永远让你不会厌烦的美妙旋律,无论你将来到什么地方,一旦听见它,就会把你带回到遥远的往昔,你的身体也会不由自主地舞动起来。这一功能就像一首美妙的诗歌一样,当你若干年以后重读它的时候,你的头脑也会舞动起来,就像沿着太平洋蜿蜒起伏的安第斯山脉上那些青翠的树木、果园和牧场。

余:在我看来,你在哥伦比亚写的几组诗,和这以后的诗歌,是你最好的作品。但它们没有引起人们的重视,这是一个遗憾。相反,你的一些随笔,倒是得到了公认。我注意到,你的诗歌写得比较缓慢,而你随笔创作显然要快得多，是随笔的写作相对容易一些呢，还是你觉得写随笔更得心应手？

蔡：其实这是一种错觉。最近十年来我的大部分诗歌都是在旅途中完成的，我在北美和南美各写了近百首诗歌，欧洲大约有50首，为数并不少，只是没有全拿出来。而我几乎所有的随笔都是回到国内在书房里完成的，随笔可以发表的地方多，面积又比较大，能见度自然也就高了。相比之下，诗歌的优劣不容易判断，只能是仁者见仁，智者见智。尤其是当代中国，诗歌的正常出版和流通遇到了问题，我们失去了最好的裁判——读者。

我不同意你的看法，即便80年代的诗歌，也有一些被我所珍惜，像《再远一点》、《绿血》、《村姑在有篷盖的拖拉机里远去》、《幽居之歌》等。还有90年代在美国写的诗歌，如《最高乐趣》、《尼亚加拉瀑布》、《回想之翼》等。我相信，真正的好作品是不会被埋没的，至少会被你这样的同行注意到。当然，看到这种变化的不止你一个人，这也使得我比较安心地花很多时间写作随笔。你一定感觉到了，现阶段的中国，诗人之间的交往耗费了相当多的精力，甚至以牺牲写作生命为代价，那多少与眼前的利益分成有关。而在我看来，诗歌是一辈子的事情，只有当你到了70岁，还在写作，还有人读你的诗，你才是一个真正的诗人。

余：虽然你在很多文章和场合都谈到了诗歌的写作，但我认为你至今没有对自己的写作轨迹进行梳理，这在某种程度上妨碍了人们对你的进一步认识，我想你还得谈谈你的诗歌以及你的诗歌理想。

蔡:1993年是我写作的分水岭,那一年夏天我第一次踏上异国的土地。在此以前,我的诗歌主要受现代主义绘画的影响,这方面你的探索比我更早,不过我们喜欢的画家有所不同。例如,你喜欢达利,我则倾向于马蒂斯和夏加尔;你喜欢蒙克,我则欣赏米罗和莫迪里阿尼;你喜欢基里科,我则看重恩斯特和阿尔普,当然马格里特我们都喜欢。如你所说的,绘画在我们的诗歌创作中起到一种天启的作用。我在《诗的艺术》里也谈到,浪漫主义的诗歌接近于音乐,现代主义的诗歌接近于绘画。但这并不完全正确,你瞧,我出国旅行以后写的诗歌反而少了画面感。至于我的诗歌理想,简单来说就是,在我老了以前(不要等死后),能有一册50到80首的诗集被反复精致地印刷。其实这个要求并不高,只是目前诗人和读者被一道无形的墙隔开了。

余:还是让我们具体谈谈你的作品。你的早期作品轻巧而富有活力,像一块玻璃那样透明,同时充满了身体的语言,如《梦想活在世上》所写的:

树枝从云层中长出
飞鸟向往我的眼睛

乡村和炊烟飘过屋顶
河流挽着我的胳膊出现

月亮如一枚蓝蓝的宝石

嵌入指环

我站在耳朵的悬崖上
梦想活在世上

全诗通过景色与五官的一一对应,得出了标题的结论。意象相当新鲜丰富,就像在深山老林里行走之后突然看到了一块开阔地,有天高云淡的感觉。我特别喜欢"站在耳朵的悬崖上"这一句。作为一个时期的代表作,这首诗在技术的层面上无可挑剔,但是,我读了之后仍有些想法。同时,你在《受伤的乳房》、《我们在世界的海洋上游泳》等很多诗作里都写到了身体,甚至到了上个世纪 90 年代中期,你依然写道:"一千只冰凉的手伸入我的后颈项"(《尼亚加拉瀑布》),你为何对身体如此关注?

蔡:这恐怕也是受绘画影响留下的痕迹,你不认为一个画家的才华主要表现在他(她)的肖像作品吗?"站在耳朵的悬崖上"这句诗正是很多人视而不见的。就像歌德所说的,美并不缺少,缺少的是美的发现。只不过,随着时间的推移,美的表现方式不断翻新,这与数学概念一样。我在《拼贴艺术》里甚至断言:"在人类的各种经验、情感、身体的各个部位以及自然界之间存在着无数潜在的、隐秘的相互关系,这些关系的发现是陶醉的、撩拨人心的,同时也是通过拼贴的手段完成的。"既遗憾又幸运的是,并没有多少艺术家热衷此道,莫迪里阿尼才成为莫迪里阿尼,我们不能要求莫迪里阿尼或者拉斐尔也像米开朗琪罗那样无所不能吧。

余:或许画面感强烈的作品容易传达和记忆,相比之下,那些受西方写作技巧影响较深的中国诗人,他们的作品译成外文后所获得的独创性减少了。在你稍后所写的作品里,你的语言越来越美,就像是一幅幅散发着神秘色彩的图画,如《最高乐趣》的开头:

请客人们旅行吧
美丽的金斑蛾
鼹鼠绯红的手

我真的感到它像美丽的金斑蛾,这首诗的结尾十分出色:

夜晚不知道夜晚的吟唱
孤独不知道孤独的美妙
没有时间的最高乐趣

我不知道你是关注语言的修炼呢还是更看重天然的语言,可是,美丽的语言是否一定具有穿透力,我表示怀疑。

蔡:难道你不喜欢美的作品?我倒是希望自己所有的诗歌都这样,但是没能做到。思想需要优美的文字承载,文字不优美还能有什么穿透力?反过来,也只有有思想的作家才能写出真正优美的作品。美丽的东西并不都是脆弱的,大理石总是很坚固了吧,它的表面同时也是光滑诱人的。即使像水那样柔软的物质,也有人赞美它是最有力量的,尽管它在表面上不像剑和矛那样锋利。以法国公众的鉴赏力为例，在这个现代主义艺术时行已经一个多世纪的国度，印象主义的画作依然最受宠爱。你去过巴黎，一定了解隔着塞纳河与卢浮宫相望的奥赛美术馆门前每天都排满了长队。这就难怪中国的读者留恋唐诗宋词了，它们有一个共同持久的吸引力：美。

余：我相当喜欢你的拉丁美洲题材的作品如《一部巴西电影的前半部分》、《哈瓦那》、《告别布宜诺斯艾利斯》、《棕榈》等一大批诗作，它们真的就像拉丁美洲音乐那样跳跃而富有弹性，同时像探戈舞者一样表情丰富。与以往不同的是，你的这些诗作均由大量的细节构成，因而使语言和意象像光线一样流动。这些像热带植物一样的作品，与同时期国内诗人相比，热度升高，从而使诗歌不再呈现冰凉和乏味的样子。对于这样的突飞猛进，我很想知道，这是在什么情况或者背景下触发的？

蔡：很高兴你喜欢这些作品。我对音乐和舞蹈的感悟能力一直不亚于绘画，拉丁美洲之行让我得到了释放和展现的机会。同时，我离开了所有可以借助的工具：中文或英文的书籍、电视、绘画和日常交谈，所见的一切又都是那么新鲜、生动、活跃。而且，那个大陆几乎没有中国作家或艺术家逗留过。

余：无论那时还是现在，哥伦比亚都可以说是一个高危险的地区，听说你是在枪声中进行写作？这似乎反映了你性格中喜欢冒险的一面，它对于你的诗艺提高是否有实质性的帮助？

蔡:在我的心目中,一位优秀的写作者必须是一个勇敢的人,同时他的智性又能让他化险为夷。《情人节的枪声》这首诗是我从学校回寓所路上,换乘地铁目睹枪击事件即兴写作的。还有一首《爆炸》,则是在寄居的寓所里听到一次深夜传来的爆炸声而有所启发。它们和其他灵感的获得没有什么本质的不同,不过比较少见罢了。对于从未亲历过战争的我们来说,这样的经验无疑是一件丰厚的礼物。

余:这使我想起西川在评述你最新出版的随笔集《数字和玫瑰》时说过的话:"在我看来,远方,规定着一个作家的趣味、风格和写作伦理。说得更明白一点儿,一个作家拥有什么样的远方,他就拥有了什么样的写作。"(《三个世界里的游行家》,《文汇报》2003年4月18日)你对旅行目的地显然有所挑拣。现在该谈一谈你的随笔了。我在网上浏览了一会,发现你有许多随笔作品刊载在各家著名的报刊上,题材大多与科学、艺术和旅行有关。你在数学与文学两个截然不同的领域工作,造就了独特的写作视野。我还注意到,你对历史也是情有独钟,你的大多数随笔,要么涉及一些历史人物,要么讲述某些历史事件。那么,历史对于你意味着什么?

蔡:西川还有一句话,"远方就是形而上"。历史的片段常被我用来做拼贴的材料,以丰富文字的内涵,这就像画家安迪·沃霍尔用玛丽莲·梦露和毛泽东的肖像做道具一样。我很少写静止的历史,例如某座城市的编年史,而是喜欢写移动的历史,例如某个人与某个地方的偶然性纠葛。这一系列的巧合不大为一般人所关注,效果相对鲜活,不容易让人生厌。例如,写仰光,我会谈到智利诗人聂鲁达和外交部长,写甘地墓，则提到他年轻时的非洲之旅。而这次伊拉克战争，我脱离了自己的路线图，作为一个旁观者写下一则随笔。

余：最后一个问题，除了诗歌和随笔，你还准备尝试别的文学式样吗？对一个作家来说，理想的写作环境是什么？

蔡：仅仅就个人所获得的感官材料来说，先是用来写诗，过一段时间以后，再写随笔或游记，还有一些经历不便用非虚构体裁表达的，将来可以写小说，但我目前尚无这方面的心理需求，这一点我在《数字和玫瑰》里也谈到了。对一个作家来说，理想的书写状态应该是，能够按照自己的意愿写作，同时又被读者激赏。

此访谈系应《南方都市报》之邀，全文刊于该报2003年5月3日。

他坐在我的膝盖上歌唱

黄石

一

一种令人愉悦的语言形式或原则尚未受到批评家们的激赏，这正是蔡天新的诗歌。它和多数人的艺术需求无关，本来，一首好诗在被识辨之前即是一种秘密，仅少数人剖析其内部机制，就像兴趣盎然地拆开一架奇妙的机器，细细地把玩其构造和零件。

多年以前我就接触到蔡天新的诗歌，那时，他还不完全是一个诗人。数学和诗歌这两种极端形式的关系，比他的诗歌本身更让我感兴趣些。蔡天新的专业是数论，据说是数学中的数学，可他24岁即获得了博士学位。初执牛刀的诗作多少显示出孩子气似地对世界的好奇，这使他小心翼翼地把作品停留在一个层面上。他只写一些短诗，显得过于谨慎，唯有《球》和《树》是出色的。在这两首诗中，对于自然和人体颇有意味的比较联想预示着他后来诗歌中相似性原则的频频使用。其实，相似性原则也是一切艺术的构成基础。贡布里希爵士在一本充满睿智的著作里对此有过详尽的探讨，画家马克斯·恩斯特却给我们以另外的启示。他说，他不是他，而是和他长得一模一样的孪生兄弟，他的另一个他是飞鸟,而这鸟是他的珀加索斯(希腊神话中的飞马)。在蔡天新的诗中,球被一分为二成两只乳房,也是坟墓,也是我们的栖息地——地球。

后来,情况并未完全改变,蔡天新仍然写短诗,但却具有质的区别:诗写得不能更长可能与体格有关,而非形式上缺乏把握。在早些时候,他为自己找到了埃德加·爱伦·坡提供的理由。坡说,一首现代诗不应超过50行——豪尔赫·路易斯·博尔赫斯也是这么做的(许多年以后,蔡天新终于获得机会,拜访了两位诗人在弗吉尼亚大学和布宜诺斯艾利斯的故居)。在大西洋的另一头,查尔斯·波德莱尔也曾经说过:独独受本能支配的诗人是不完全的。就蔡天新而言(尤其在他的写作初期),数学和诗歌是他不可或缺的两张翅膀。只

蔡天新的诗句在法国书店的玻璃窗橱上

经过短暂时期,他就明白了这一点。在诗集《梦想活在世上》的扉页里,他引用了波德莱尔的话:向未知的深处探索以寻求新的事物。和同时代几乎所有的诗人一样,蔡天新一开始就触摸现代主义诗歌,却并不显得肆无忌惮。正是凭借着数学,他比别人更懂得理性(并非只是逻辑意义上的理性)也是诗歌的精髓,而这是多数诗人长期探求也未必明了的。正是借助着数学训练(它就像一把奥卡姆剃刀),当别人用复杂的计算器去把握自然的繁枝冗叶时,他却用简单的加减法径直抓住自然纯净的本质。这恰恰是诗人的敏感之处,他毫不费力地让诗歌富有适当的形式和惊人的匀称,其手段是机敏、谨慎和巧智。细心阅读下面的诗句(《约塞米蒂》):"一切都虚无飘渺,除了/爱情,那最虚无飘渺的",就不难发现,蔡天新深谙艺术的极端和矛盾法则。事实上,他具有一种非凡的细致而精确地领略事物的天赋,这使得他在数学和诗歌两方面都特别出色。他很快在诗歌写作中发现了数学具有的简洁的美。或许是帕斯卡尔的权威给了蔡天新这份自信,他借助这位17世纪的先知之口说:"凡是几何学家只要有良好的洞见力,就会是敏感的;而敏感的人若能把自己的洞见力运用到几何学上去,也会成为几何学家。"虽然如此,却很少有几何学家是敏感的,或敏感的人成为几何学家。在蔡天新自印的诗集《幻美集》和《降示》中,意象的拼贴愈是出乎意料,诗中愈加透露出理性的原则。就此两者的协调而言,是当代汉语诗歌中的一个例外。然而,自古及今的大师们却无不如此,就像但丁和歌德,在现代,保尔·瓦勒里则是典范。

二

作为诗人,蔡天新常常和经典大师们保持精神相通。他最早接受诗人艾兹拉·庞德和威廉·卡诺·威廉斯的影响,但迅速把注意力投射到被他称为“本世纪诗人和艺术家最后一次有效合作的表现”的超现实主义。他接受超现实主义,并不接受超现实主义非理性的梦呓和非诗的目的(诗歌只是他们勘探精神世界的工具,尽管其中不乏真正的好诗)。而诗歌本身就是我们最后的结果和目的。

据我所知,蔡天新或许是唯一能够走出超现实主义语词迷宫而保持清晰的中国诗人。现代的复杂和复杂的修辞对他毫无威胁,他能够处在极端而化险为夷。在直觉中维持简明的秩序是他的拿手好戏,他近来在拉丁美洲的经历表明他在生活上也具有这种勇气和才能。从保尔·艾吕雅(或许还有阿波利奈尔)身上,他获得了优雅的清词丽句和母性的气质。

杰出的新托马斯主义哲学家雅克·马利坦说过:“没有超现实主义作曲家,但有超现实主义画家和优秀的超现实主义画家。”这个判断无疑是正确的。蔡天新观察自然变化的手段的源泉正是超现实主义艺术,他表达过和雅克·马利坦类似的观点:“浪漫主义的诗歌接近于音乐,现代主义的诗歌接近于绘画。”正是现代绘画的拼贴技艺,使他从自然和自然的形式中摆脱出来——重新发现我们和事物之间的亲属关系。不久以前,蔡天新出版了一部不可多得的诗人传记《与伊丽莎白·毕晓普同行》,除了酷爱旅行以外,他和书中主人公还有一个共同点,就是两人都拥有一双奇思异想的画家的眼睛。在《阳光》一诗中,诗人对太阳、芒果、肌肉和血液的关系进行了奇妙组合。阳光汇入了我们的血液,在我们的身体里旅行,又遇上了另一片阳光。在《梦想活在世上》里,他这样描述到:

树枝从云层里长出

飞鸟向往我的眼睛

而在一首冠名为《我们在世界的海洋上游泳》的诗中他又写到：

死亡是一面诱人的旗帜

悬挂在不可企及的桅杆上方

这种自由移动和拼贴的形式（意象）如此新鲜，唤醒了我们对于事物另一种运动形式的思考。这样的例子在蔡天新的诗歌中俯拾即是。从超现实主义画家那里，他撷取的不是安德烈·马宋非理性的病态，不是伊夫斯·唐吉残忍的梦幻，也不是萨尔瓦多·达利怪诞的妄想；在他的诗歌里，我们看到了霍安·米罗绘画中最令人喜悦的部分和绚丽多姿的好奇心，他使我们想起让·汉斯·阿普，这位伟大的拼贴大师曾经说过："艺术像是从一颗植物上落下来的果实，像是从母亲体内生下的一个婴孩。"蔡天新是如此不厌其烦地在诗中表达身体细部的各种欲望（他的几乎每一首作品都涉及到器官或躯体，这种重复是意味深长的）。他早期一篇文章的题目就叫《虚构比发现容易》，而在一篇论拼贴艺术的文章中他指出："在人类的各种经验、情感、身体的各个部位，以及自然界之间存在无数潜在、隐秘的相互关系，这些关系的发现是令人陶醉的、撩拨人心的，同时也是通过拼贴的手段来完成的。"

从一开始，蔡天新就醉心于事物和人体之间喜悦和美的语言的表达，像坡说的"感官在自然中通过灵魂的面纱对感受到的事物所进行的再创造”。一段时间里,这似乎是他的唯一任务:通过拼贴和幻想来改变自然并使之成为自己所要表达的理想。这种令人喜悦的艺术原则同样蕴涵在所有伟大的艺术之中,蕴涵在芬奇、拉斐尔、伦勃朗和莫扎特身上。这是一种跨时空的承接。在《莫扎特》一诗中,蔡天新这样写到:“他坐在我的膝盖上歌唱。”这种亲切温情并不针对莫扎特本人,此时,莫扎特犹如缪斯女神,也是所有快乐的艺术家,包括39岁早夭的天才帕斯卡尔。早在蔡天新和现代绘画眉目传情之前,他的诗作中描绘的题材就和帕斯卡尔《思想录》中提到的美的六种典型不谋而合。除了服装,他反复地描绘了女性、飞鸟、河流、树木和房屋。

三

亚里士多德在《诗学》里谈到:“风格之美在于明晰而不流于平淡。”两千多年来,这仍是一条值得信赖的格言。但丁和波德莱尔都是明晰的,这也是蔡天新遵循的传统。他几乎都使用短句写作,句式没有眼花缭乱的结构,但不乏严谨和清纯。他的语言既不烦琐,也不显得单调;他的诗句往往是相似或不同事物之间的迅即联想,看起来轻松愉快,实则需要机智。透过质朴简约的文字,其中交织着某种绚丽,一两行飞光流彩的诗句经常突现在我们面前。这是“首要明快的语言”(保尔·艾吕雅语,马克斯·恩斯特以此为题作过画);像莫扎特的一段旋律,那是属于白天的光亮的艺术,它使我想起戈雅的绘画,画面中妇人被光线所照亮的一段白洁的颈脖和隐隐闪烁的项链。他使用的语言是限制的,没有艰涩的隐喻或浓重的象征,却无不流溢出奇妙无比的魅力和天真。他的诗歌没有玄奥的哲学或情感动荡,仅有引人入胜的美和喜悦。就风格而言,他更像华滋华斯、丁尼生或马拉美,更像女性气质的艺术家。

和马拉美及其追随者不同,蔡天新从不给诗歌增加重负。这种诗歌是如此晶莹剔透,以至于人们容易把它的为美而美误解为迷人而无用的游戏。自从波德莱尔以来,诗人们就在内心里展开了一场对抗时代的斗争。他们表达着怀疑的主题,却仍然希望充当半人半神的英雄或训诫者。相反,蔡天新的诗歌从来都不是雄心勃勃的;他既不关心时间,也不关心社会历史,更无探讨现实的兴趣(这种状况近年来已随着他越来越频繁的世界之旅而有了较大的改变,那值得另文分析)。他的诗歌技巧简洁现代,却富有节俭、舒缓以及类似于古典的清新爽目和柔媚的光泽,以纯粹的节奏和栩栩如生的画面使感官愉悦和陶醉。在《蓝柱》一诗中,诗人描绘了绿树、白云、红鸟、乡村的湖以及鱼"这些形式迥异的弧线运动",接着,他吟唱道:

而天空犹如美妙的圆柱
在我们四周悬浮着
它令一切秩序井然

这几乎是但丁描绘的天堂漫游中的一幕情景,也正是波德莱尔所称赞的那种"迂阔"。诗人就像一个婴儿,初见到这个世界上第一缕光芒的照耀,或者如同我们进入天堂时所领略到的开阔的光亮而发出的惊喜和平静。这是诗歌的天堂:事物熠熠生辉,一尘不染而井井有条。它确实像一曲颂辞,一首歌;诗人纯真如少年,相信万物均为诗歌所赋予,相信每一件事物给予他的每一次赞许,而语言只是歌唱和赞美的一种仪式,也是诗人的权利。蔡天新让我再一次相信诗歌是快乐的,语词没有说出什么,却在它响亮而丰富的形式下面掩饰着情感。在作于新世界的诗歌《最高乐趣》中,他用华莱士·斯蒂文斯式的语调表达了这种意念:

夜晚不知道夜晚的吟唱
孤独不知道孤独的美妙
没有时间的最高乐趣

最近,他在接受《哥伦比亚人》报记者采访时谈到:“就写作者来说,诗歌不仅可以用来相互安慰,更重要的是带来启示。我一直以为真正的诗歌应该提升诗人的生活质量,而不是像现在人们所想的那样使生活变得一团糟。”无论如何,当现代主义诗人在为绝望的内心——他们是时代的受害者——而絮絮叨叨时,蔡天新已经开始描绘我们人类生活中最有价值和最令人喜悦的部分。

正因为这样,蔡天新的诗歌是完整的、健康的,没有肌体上的疾病或消化不良症。我们无法用其他字眼去评论这种诗歌,它犹如果实,可以触摸而不易被肢解。我们只能用陶醉的、丰满的、明亮而妩媚的、撩拨人心的或生动的此类词汇去形容。这是一种光洁润滑的肌肤——诚如阿普所说的有机体形式上的完美感。好诗是一种“快速的闪光”(柏拉图语),是一种自上而下弥漫着的美。这种美是如此富有诱惑力,犹如塞壬的歌声,以至于诗人不得不无比多情地投入她的怀抱:

我重又投入诗歌的怀抱
头枕着温馨，双唇吻边颈项
我解开语词的纽扣
把脸颊贴着胸口
她受到挤压，露出一丝恐慌
我让她忆起昨日的美妙时光
那红润的乳晕像天边的朝霞
她低下头，额上渗出汗水
眼神蕴含着苦难的记忆
她使我陶醉，一种震撼的力量
将我的躯体托升到空中

——《受伤的乳房》

"恩宠诗人吧！"这竟是现代小说家约翰·福斯特的惊呼。我们这个时代已经恩宠了电视和俗不可耐的艺术，或许在几个世纪以后，忽视诗人的遗憾将会让我们加倍地偿还，因为我们放弃了诗歌这道最后抵制绝望的防御线。然而，作为一个读诗者，一个曾经从事诗歌的姐妹艺术——小说写作的人，除了向诗人们表达敬意以外还能做些什么呢？

给世界的一封信

(德)托比亚斯·布加特　王林　译

1963年3月3日,蔡天新出生在中国东南沿海一座盛产蜜橘的县城,他的父亲,一位谙熟中国古典诗歌的中学校长,从唐代大诗人杜甫(712—770)的一首诗《丽人行》中获得灵感,给最小的儿子取名"天新"。对那位饱受苦难的诗圣来说,这首诗有着难得浪漫的开头:"三月三日天气新,长安水边多丽人。"在这行诗句里,"天"的意思是"天气",同时,它在汉语里又是时间意义上的"日"。因此,"天新"既可以解释为"天气好"(可能前几天是阴天或有雨雪),又可以理解为"每天都是新的",或"日日新"。而他的姓"蔡"原是两千多年前黄河边上一个小国的名字,其时中国尚处于分裂状态,还没有开始修筑"万里长城"。

虽然蔡天新的父亲酷爱文学,学的又是历史(毕业于中国的最高学府),并且自修了英文,却是命运不济,在经历了"反右"和"文化大革命"的风风雨雨之后,更是变得非常务实(烹饪、放牧和木工样样精通)。尽管蔡天新中学毕业那年,中国刚好恢复了高等院校的招生,做父亲的可以不必传授木工技艺了,他却为小儿子选择了数学作为未来的职业,想以此来减少政治运动冲击的可能性。于是,少年蔡天新开始了作为一名数学家的学徒生涯,他后来投身于自然数性质的研究,取得了引人瞩目的成就。很多年以后,蔡天新认为父亲当初的选择是明智的，但对于“数学是一座坚固的堡垒”却有了多方面的理解，不仅在生活上，也包括精神世界。

17岁那年，即蔡天新进入北方一所大学的第三年，他的父亲患癌症去世了，临终之时甚至没有机会再看儿子一眼。九泉之下，他的父亲或许不会料到，儿子有一天会成为声名远扬的诗人，这似乎与他当年灵机一动为其取名有关。成年以后的蔡天新为父亲写下了两首悼亡诗，《在大海之上》和《回想之翼》。

回想之翼

当我忆及遥远的往昔
怀着兴味，听从幻想的劝告
一双因患冻疮肿大的手
在白色的窗帘布后面出现
一位死去很久的亲人的脸
一片淡紫色的悠远
被一个感觉的鼹鼠丘破坏
像一座石板地的旧式楼房
以此伤害了黑夜的眼睑
一把精心制作的扶手椅
和一个并不丰富的藏书架
回想之翼的两次扑动

在这首诗中，出现了父亲亲手制作的两件家俱：扶手椅和藏书架。

与阿根廷诗人博尔赫斯童年经常光顾的父亲的藏书楼相比，蔡天新看到的只是一个“并不丰富的藏书架”，可是，这两个相似的场景却纠缠了两个孩子的一生。或许是由于这个原故，蔡天新对博尔赫斯有着特殊的感情，他不仅三次来到地球另一端的拉普拉塔河边，拜访了诗人的多处故居，并且亲自动手，从西班牙语翻译了博氏的处女集《布宜诺斯艾利斯的激情》。蔡天新的另一位译者、意大利诗人约塞夫·孔蒂告诉我，他在阿根廷诗歌节上聆听了蔡天新用中文朗诵《南方》和《里科莱塔》，感受到了博尔赫斯特有的音乐。

也正因为蔡天新没有像博尔赫斯那样从小博览群书，尤其是阅读原版的西方文学典籍的机会，所以他日后产生了游历整个世界的愿望。1993年秋天，已过而立之年的蔡天新第一次离开了中国，他如饥似渴地阅读大地和海洋这册典籍，仅仅过了八个年头，他所抵达的地方可能已经超过了中国历史上任何一位诗人和作家。于是，在新千年的第一个夏天，我们能够在哥伦比亚诗歌节上相识并同台朗诵（后来我们又在苏黎世的瑞士诗歌节上相聚）。由于语言的阻隔，诗人们在诗歌节上的交流方式是多种多样的，蔡天新被公认为是拉丁舞跳得最出色的，他给了我们有关中国未来的一个非常强烈的信号，正如他令人眼花缭乱的旅行一样。

旅行不仅使诗人获得全新的经验和开阔的视野，同时也拥有了必要的自信、气度、宁静，以及天马行空的自由意志。在一首描述芝加哥的诗中，他这样写道：“我用假日旅店的窗玻璃测量/西尔斯大夏不及我的手指高”，面对繁华的都会和世界第一高楼，蔡天新表现得清醒自如。另一首别出心裁并让我倾心的作品是《关于鱼的诗》：

我喜欢把汽车看作单词

单词容易改变词性

比如打一个U弯

就可以获得形容词

它们相互撞击,在自由公路上

有时会产生全新的句子

把车开进太平洋吧

海水知道如何润色

我们侧身游出车门

顷刻发现一首关于鱼的诗

这首作于加利福尼亚的诗歌表现了一首现代诗的诞生过程,被我译成德语后效果不错。其时他还没有取得驾驶执照,但不久即开车抵达了美利坚合众国的每一座名城,并藉此写成了一部奇妙的书《与伊丽莎白·毕晓普同行》。据蔡天新本人说,他和那位浪迹天涯的女诗人有着地理上的心灵感应,他帮助她进入并扎根汉语世界,她引导他去了巴西。然而,与我所认识的那些客居西方的诗人不同(他们有着流亡者固有的精神压力),蔡天新虽然有更好的海外生存手段,却在每次漫游之后返回他的祖国,返回到他的母语世界中去,这种现象无疑是意味深长的。

不难发现,蔡天新观察世界的方法来源于现代拼贴的技艺,可是,与他喜爱并吸取了许多养料的超现实主义画家们不同,他充分利用了词语的柔韧性,经常面对普通人可见的场景甚至日常生活,施以蒙太奇般的连续变幻(其中蕴涵的机智、精确和毅力可能与数学训练有

关),这种手法在《心灵的水面》,《孤独之王》和下面这首诗中表现得淋漓尽致:

散步

脸向东
鼻子向西

手掌石子般
踢开

指甲割破
大地的血脉

我躺下
潜入河流

疏忽出现
在高山的头顶

不过,要透过蔡天新肢体的语言和果实的外表,识辨他心灵深处散发出来的芬芳并不是一件十分容易的事,那需要阅读者也有空间的想象能力,尤其是飞翔的欲望。在《古之裸》(这个标题意味着中国诗人在西班牙语世界的第一次展示)收入的四十多首诗歌中,最能体现蔡天新艺术风格的要数那首由18首短诗组成的《幽居之歌》。这首诗作于1992年秋天的中国南方,可以看做是他开始身体的跨国旅行之前一次精神上的演练和准备。实际上,这组有关暴力、情爱、肉欲、生殖、死亡和时间的诗歌是用一种赞美和歌唱的方式写成的,它描绘了诗人精神世界的地狱之旅,也是他对独身生活的一次总结和告别,而他后来的异国漫游更像是长长的炼狱,或者说是重新构建世界的过程。

非常幸运的是,蔡天新不仅在无数次词语和身体的历险中都能够立于不败之地(他对孩提时代的几次水上事故记忆犹新),而且他的所有经历都似乎是有预谋的,它们相互作用、串通一气:父亲的藏书架,童年开始绘制的地图册,《阿波利奈尔》杂志,数学访问和会议,当然还有诗歌和旅行。这一切都似乎是为了一部书,一部用手足、肢体和头脑写成的给世界和未来的书信集。尤其让我感到惊讶的是,这些信件的寄发者竟然来自一个非常古老并长期与外部世界隔离的国度。假如你是他的一个朋友,你随时可能收到他从世界的某个角落寄出的信函,一件精美的礼物。

最后,我想谈谈蔡天新写于麦德林的一首近作。由于众所周知的原因,那座安第斯山中盛产咖啡的谷地在过去的20年间扬名世界。作为这座城市最高学府的访问教授,同时也可能是唯一的外国旅行者,蔡天新在那里可谓如鱼得水,他不仅以学者或诗人的身份频频出访邻近的拉美国家,还把恐惧转让给了政府职员、大学生、卖花女、香蕉男孩、足球后卫。在一首写给自己孪生女儿的诗中他泄露了此行的目的:“原谅我又一次无奈地离开/在领悟时光的秘密之前/我躲进了一座幽微的山谷/和你们玩起捉迷藏的游戏。”而在下面这首描写小动物的诗中我们可以领略到诗人的敏感、细致和从容不迫，以及创作上的微妙变化：

白蚁

每天早晨我写字桌的台灯旁边
都会覆盖上一层薄薄的颗粒
色泽和形状酷似压碎的甘蔗糖
但却不是。在鸟儿飞临之前

那松木的天花板上就传来
细细簌簌的响声，我从未试过
用手去触碰，每次都用干布
轻轻地擦去，像幼孩留下的米粒

但愿明天掉得再多一点
这些看不见摸不着的小东西
与无边无际的苍穹不一样
是我身边唯一有生命力的动物

诗中有着精确的观察和细节描述，似乎受到了毕晓普的影响，可要是读到十几年前他写的《绿血》和《保留的记忆》，就可看出分明又是一种回归。另一方面，作者利用了听觉的感官功能，那正是患有先天性眼疾的阿根廷人博尔赫斯的特长（去年夏天，麦德林上演了依据蔡天新和另外三位诗人的作品谱写的专场音乐会)。这或许预示着蔡天新一个新的创作阶段的到来,在聆听自然的天籁之声的同时,我相信他不会闭上那双奇情异想的画家的眼睛,正如他从来没有放弃过抽象的数学研究一样。

此文系为蔡天新的西班牙文版诗集《古之裸》(La desnudez antigua)所作的序言,该书译者劳尔·海曼,由哥伦比亚安第基奥大学出版社于2002年8月推出。托比亚斯·布加特是德国诗人、批评家、翻译家。

我们在世界的海洋上游泳

——评蔡天新诗集《幽居之歌》

(南非)加利·库姆米斯基 文敏 译

由南非独立出版人出版的《幽居之歌》是一部非比寻常的诗集：此书挑选的诗歌写作时间跨度大约18年——作者蔡天新是当代中国诗人，他的作品或许在目前的南非不很出名(同名长诗《幽居之歌》新近刊发在诗刊《新硬币》上，蔡已受邀参加了德班的非洲诗歌节)，但却已被译成了13种文字。

我相信，读者一定能从这部双语诗选中获得补偿。从某种层面上看，蔡的写作遵循的是中国古典诗歌的传统——诗行中充溢了自然的景象，诸如湖泊、沙砾、风、花、云、鸟——但诗中明显又有当代的意识流贯穿其间，并经常呈现超现实的意象，比如这样的诗句："月亮的桥穿越厚厚的墙/返回到词语的家园。"(《月亮的桥》)

在蔡的诗歌中，"二分法"是一个值得注意的叙述特点：他的诗经常从客体转移到主体，从明到暗，从欣喜到痛苦，从欢笑到流泪。尽管许多诗歌的表面十分宁静，底下却时常暗流涌动。

在第一首诗《我们在世界的海洋上游泳》的开头，我们立刻被带入一个客观与主观相互作用的世界里："我们在世界的海洋上游泳/白天的一半没入水中/夜晚的一半浮在水面。"而在《分割》一诗中，他从"月亮把建筑物的头分割"一直写到"无垠的大海也被分割/还有我们脆弱的心灵/有谁看见?”在《黑》的开头,他写道:“打开一扇门/我走了进去/再打开一扇门/我走了进去。”

但这种内在与外部世界之间的往复之旅并非与烦恼、暴力或死亡的威胁无涉。在《我们在世界的海洋上游泳》开头几行过后,马上就有厌倦疲乏的梦境袭来:“白色的帆,红色的帆/在一个黄昏被撞得粉碎”,最后,“我们在世界的海洋上游泳/死亡是一面诱人的旗帜/悬挂在不可企及的桅杆上方”。在《再远一点》中,我们看到:“城市在陷落/市民们纷纷出逃/搭乘超员之旅客快车”;而在《黑》中,诗人“挽住黑的手臂/把黑摁倒在地上/……/而我时刻处在/黑的威胁之中”。在《湖》一诗中,宁静的风景很快就被狂暴和毁灭的意象所粉碎:“明亮清澈的水面/燕子在天空飞翔//对于小小的湖泊/它就是一架歼击机。”

这部诗集的另一特点是情色意味,但使用得简约、节制且令人惊叹:“一个/纯净的/少女//躺在/海边的/沙滩上//她的/头发系/着白色//一起/被浪花/卷走。”在《裸体》中,诗句是描写一个女性的(“垂下她长长的手臂/彻夜在我额上寻找”),而在《心灵的水面》中,女性的意象融入了风景:“那束亮丽的秀发/如村庄散落河岸/芳香随风飘溢。”

这些诗中还有着某种神秘感,一种近乎孩童的狂喜和转换的能力,如那首《关于鱼的诗》和《阳光》:“阳光汇入了血液/在我的身体里旅行/它没有停歇/又遇见了另一片阳光。”

这些诗还带有很强的地理特征。在罗伯特·贝洛尔德的译后记中,我们了解到蔡曾游历八十多个国家,每一首诗,除了标明日期以外,都有写作地点,其中包括:杭州、芝加哥、旧金山、纽约、贝鲁特、马尼拉、班加罗尔、德黑兰、罗马、柏林、哈瓦那、圣保罗、麦德林、爱琴海、安第斯山、尼亚加拉瀑布城，等等。

这部诗集的高潮是一组由18首短诗组成的长诗《幽居之歌》，蔡在某一天里一气呵成。这组诗中，除了个别的例外，均是四组对仗的句式，把主题浓缩在诗中，其中包含的意象朴素且扣人心弦，将读者带进那个内在的世界，以及性爱之中。

但其间依然潜伏着暴力和黑暗。在《夜》中，我们看见了性的暴力："夜封住了她的唇……/夜分开了她的腿……/夜进入了她的躯体……/夜来到这个世界/谁能够避而不见"，而在《幽居之歌》中，只有开头几句是宁静的："花瓣零落犹如钟声鸣响/还有印度墨水、银纸和涂色纸"，而这首诗的结尾是："一只小鸟在梦中尖叫/灰色之夜的又一次显现。"

这部诗集表面上简洁朴素，其实另有深意；它们总是在暗示某种更为深沉的东西。这些丰富的意象，通常都来自于简洁的词句，正是这些简洁的词句，创造出了一幅幅细致入微的画面来。

蔡的诗歌发出了一个强有力的声音，我为他的作品能和我们见面感到欣慰。

作者加利·库姆米斯基(Gary Cummiskey)是南非诗人、书评家。

《幽居之歌》，*Song of the quiet life*，蔡天新著，南非远南出版社(Deep South)，2006年第一版。

代跋

随笔和随笔家

在《牛津英语词典》里,“散文”(prose)一词的意思是“诗歌以外的语言”(language not in verse form),它包括小说、戏剧、随笔、杂文,等等。这与汉语里的“散文”意思不尽相同,后者虽说有两种含义,其一也包括韵文以外的所有文体,但那主要是受西文的影响才出现在《现代汉语词典》里的;而在一般汉语读者眼里,散文无疑特指这样一种不分行的文字:它以抒情为基调,现实和往昔相互交织,包含了较多的情感因素。从这个意义上讲,随笔就有所不同了,虽然它并不排斥抒情的成分,却以叙事、引述、评论为主,文笔也较为朴素、流畅。

追根思源,英文里的随笔(essay)一词来源于法文。1580年,法国人文主义者蒙田出版了两卷本的处女作,以essai一词命名,本意是“尝试”。我个人猜测,中国新文化运动的领袖胡适的处女作《尝试集》(1920)其标题应是受蒙田的影响,后者是第一部用白话文写的诗集。正是由于蒙田著作的重要影响(也由于其家族的地位),次年正在意大利旅行的作家被以盛产葡萄酒闻名的故乡波尔多人民推选为一市市长。尽管蒙田本人以健康为由极力推辞,但在国王亨利三世的请求之下,他接连担任了两届市长。卸下官职以后,蒙田回归自己的庄园,全身心地投入随笔写作。

蒙田的随笔通常以一种非正式的甚或个人化的方式论述某一特

定的主题，内容之广涉及社会、政治、宗教、伦理和哲学的各个方面。同时，他还依据自己在欧洲大陆的游历，用生动的笔触写下了《旅行日记》（此书将近两个世纪以后才得以出版）。虽然帕斯卡尔（他的散文集《思想录》达到了法国文学的另一个高峰）对蒙田的怀疑主义表示惋惜，认为它是反基督教的，并因为他“描述了自己的外表和爱好”而批评他过于自我专注，可是，伏尔泰和狄德罗却予以推崇，并称赞蒙田是启蒙主义思想的先驱，而卢梭则认为他是自我写照的大师。

诚然，类似于随笔的文字在蒙田之前早就有了，例如波斯作家昂苏尔·玛阿里的《卡布斯教诲录》，可是，蒙田深沉、直率和恳切的文笔却为这种文体树立了标准。他以卓越的技巧捕捉人生的奥妙，并栩栩如生地把它们记录下来。从福楼拜到罗兰·巴尔特，法国作家无不从中受益。1603年，蒙田的著作被译成了英文，包括培根、莎士比亚、拜伦、萨克雷、爱默生、吴尔夫、艾略特和赫胥黎在内的英美作家都成为他的热心读者。尤其是培根，他成了英国第一个伟大的随笔作家，并在人文和科学两方面都发表了非常精辟的言论。稍后，伦敦有了《闲谈者》和《旁观者》两本杂志，以及毛姆的《伊利亚随笔集》。

值得一提的是，尽管蒙田之后法语和英语里相继诞生了两个新词：essai（essay）和essayiste（essayist），即随笔和写作随笔的人（或随笔家），可是在中文里，作家的分类却只有散文家（甚至连杂文家也有了），而无随笔家，后者只被称为随笔作家。这与西文正好相反。例如英语里仅有散文作家（prose writer）而无散文家。即使到了21世纪，包括标榜先锋派的《今天》在内的文学期刊都只设散文而没有随笔栏目，而无论官方的鲁迅文学奖，还是相对民间的《南方都市报》传媒文学奖，也只设散文家奖，被奖励的作品无一例外的都是传统意义上的散文。

在我看来，随笔可谓是散文的现代形式，就如同自由诗之于旧体诗，它因为驱除了华而不实的成分，而更适合节奏日渐加快的生活和写作方式，包括对诗歌和诗人的批评。当然，散文也有它的所长，例如情感方面的抒发。可是，在读者提高了对艺术性的要求之后，我认为关于痛苦和狂喜的描述更应该通过小说或戏剧来进行。这方面画家无疑走在前头，对具体事物的仿制早已经是他们不好意思做的事情了，更不要说莫扎特那样的音乐大师，他可以把苦难转化为一种喜悦。写到这里，我不得不说，比起散文来，随笔是一种更为质朴、宁静的文学形式，也更值得我们阅读和关注，同时，也倡导使用“随笔家”这个称谓。